Auf fernen Nebelpfaden

Erzählungen, fantastische Reisen, Gedichte

Nikolaus Luttenfeldner

Bibliografische Information durch die Deutsche Nationalbibliothek: Die Deutsche Nationalbibliothek verzeichnet diese Publikation in der Deutschen Nationalbibliografie; detaillierte bibliografische
Daten sind im Internet über http://dnb.d-nb.de abrufbar.

herausgegeben durch das Literaturpodium, Dorante Edition
Berlin 2025, www.literaturpodium.de
ISBN: 978-3-7693-6812-3

Foto auf der Vorderseite: Marko Ferst
Nebelmotiv auf der Rückseite: Ava Luttenfeldner
Meermotiv auf der Rückseite: Crina Andreea Mezera
Autorenfoto: Nikolaus Luttenfeldner

Verlag: BoD · Books on Demand GmbH, Überseering 33,
22297 Hamburg, bod@bod.de
Druck: Libri Plureos GmbH, Friedensallee 273, 22763 Hamburg

Auf fernen Nebelpfaden

Erzählungen, fantastische Reisen, Gedichte

Nikolaus Luttenfeldner

Dorante Edition

Teil 1: Gedankenreisen (Kurzgeschichten)

Ein Anfang

Dies alles liegt nun schon Jahrzehnte zurück, doch ich erinnere mich, als wäre es gestern gewesen, und ich sehe noch alles deutlich vor mir. Es war im Sommer des Jahres 1822 am Knob Creek in Indiana, als mein Cousin Abe – er war damals dreizehn Jahre alt – von Gott weiß woher dieses zerlesene Exemplar von „1001 Nacht" auftrieb. Er zeigte es zunächst seiner Schwester und dann mir.

„Aus diesem Buch können wir mehr lernen als aus jeder Schulpredigt eines Lehrers!", sagte er zu mir. Dabei legte er bedeutungsschwer die Stirn in Falten und machte ein so ernstes Gesicht, dass seine Schwester und ich lachen mussten. Jahre später sahen wir ihn noch oft ein solches Gesicht machen, doch niemand lachte mehr dabei, denn es war die Zeit, in der unsere Nation einen bitteren Krieg gegen sich selbst führte. Davon lag freilich in jenem Sommer noch nicht einmal eine Ahnung in der Luft.

Ich blätterte das Buch lustlos durch. Es war offenbar eine Sammlung von Märchen, und aus Märchen machte ich mir nichts.

„Was willst du damit?", fragte ich ihn und hörte schon im Geiste die Stimme seines Vaters, die ihn zur Arbeit rief und dafür tadelte, dass er schon wieder las, statt sich nützlich zu machen. Dabei war Abe nicht jemand, der harter Arbeit aus dem Wege ging. Da er sehr groß war, fiel sie ihm auch nicht schwer. Geschickt verstand er schon früh bei Waldarbeiten die Axt zu führen und ging seinem Vater zur Hand, ohne jemals zu murren. Dennoch scheint es mir heute, dass ich Abe niemals ohne ein Buch gesehen habe.

Abe schlug „1001 Nacht" auf und begann uns vorzulesen: „Es lebte einst in Bagdad ein Kaufmann und Seefahrer, den man Sindbad nannte …"

„Glaubst du, dass einer von uns je zur See fahren wird?", fragte ich ihn, doch Abe ließ sich nicht beirren und las weiter vor. Er las flüssig und fehlerlos, was ungewöhnlich war, wenn man bedenkt, dass er nur ein knappes Jahr die Schule besucht hatte. Niemand in Indiana legte großen Wert auf Bildung, dafür war bei all der harten Arbeit auch gar keine Zeit. Als einmal ein Reisender in die Gegend gekommen war, der Latein konnte, hatten ihn unsere Leute für einen Zauberer gehalten und ängstlich miteinander getuschelt. Vielleicht war Abe dabei, auch ein Zauberer zu werden, aber ich spürte, dass es ihn den einfachen, gottesfürchtigen Menschen am Knob Creek zu einem Fremden machen würde. Mir wurde plötzlich klar, dass Abe fortgehen würde. Er war nicht dazu bestimmt, hier als Holzfäller zu leben und zu sterben, ohne je mehr von der Welt gesehen zu haben, als unsere endlosen Wälder.

Ich hörte zu, wie er begeistert vorlas, von Sindbad und seinem Fernweh, von den rätselhaften Abenteuern, die der Seefahrer erlebte. Ein merkwürdiger Trotz regte sich in mir.

„Das sind doch alles nur Geschichten!", platzte ich heraus.

Abe sah mich an und grinste. „Mag sein. Aber machtvolle Geschichten!"

Dieses Grinsen zeigte er damals noch häufig, doch es wich später aus dem Gesicht des Erwachsenen und machte dem ernsten, oft melancholischen Ausdruck Platz, den wir heute auf all den Fotografien sehen können. Obwohl er es nie erwähnte, bin ich sicher, dass er später in stillen Momenten die Wälder seiner Jugend vermisste, wo er gelegentlich auf einer Lichtung stand und für sich selbst Verse deklamierte, die er in irgendeinem Buch gelesen hatte.

Über vierzig Jahre später, kurz nach seinem tragischen Tod, entdeckten wir den zerschlissenen Band mit den Märchen aus „1001 Nacht" in seinem Nachlass. Er hatte ihn wirklich all die Jahre aufbewahrt. Ich bat seine Witwe Mary, mir das Buch zur Erinnerung zu überlassen, und sie gab es mir, ohne Fragen zu stellen. Ich blättere allerdings nur selten darin, denn der Zahn der Zeit hat dem Band zugesetzt, und viele Blätter sind bereits lose. Außerdem mache ich mir noch immer nichts aus Märchen, obwohl Abe in manchem Sindbad ähnlich war – ein einfacher Mann, der zur Legende wurde. Das Buch liegt auch jetzt, während ich diese Zeilen schreibe, vor mir, und wenn ich es aufschlage, lese ich gleich auf der ersten Seite in der markanten Handschrift meines Cousins: „Ex Libris Abraham Lincoln".

Ein Ende

Beinahe die Hälfte meines Lebens war ich ein Sklave, ehe der noble Atticus mich freiließ – auch er schon lange dahingegangen, wie alle, die ich einst kannte. Ich verbrachte als freier Mann den Rest meines Lebens, ein Leben, das nun beinahe aufgezehrt ist, denn ich kann nicht erwarten, noch sehr viel länger auf dieser Welt zu verweilen. Die Leute sprechen von mir als einem Hundertjährigen, doch werde ich ihnen darin weder beipflichten noch ihnen widersprechen, denn mein Geburtsdatum kenne ich nicht. Aber ich will nicht von meinem eigenen nahen Ende sprechen, sondern vom traurigen und zugleich so hoffnungsfrohen Ende jenes Mannes, dem ich seit meiner frühen Jugend als Sklave gedient hatte, und der mich später an seinen besten Freund Atticus vererbte.

Der Name dieses Mannes war Marcus Tullius Cicero. Sein Name klingt heute als Legende durch die Zeit, und in einer Epoche wie der unseren, in der die freie Rede freier Bürger nur noch als Ideal, aber nicht mehr als Tat lebendig ist, scheint Cicero uns ferner denn je. Viel ist über den widersprüchlichen Charakter meines Herrn gesagt worden, in dem sich Mut, Intelligenz, Zielstrebigkeit und die Liebe zum Staat vermischten mit Eitelkeit, Geltungssucht und Opportunismus. Ich will mich nicht erdreisten, diesen Urteilen noch mein bescheidenes eigenes hinzuzufügen, denn er war mein Herr, und ich war nur sein Sklave. Dennoch, was auch immer heute in den Lehrbüchern stehen mag – in entscheidenden Stunden, als das Schicksal Roms auf des Messers Schneide stand, diente Cicero dem Staat nicht nur, nein, er war dieser Staat, er verkörperte ihn auf eine Weise, wie dies kein Römer vor oder nach ihm je gekonnt hatte, nicht einmal der vergöttlichte Iulius, dessen Statuen wir heute an jeder Ecke sehen. Und ein Gott war Iulius Caesar ganz gewiss nicht, die Iden des März bewiesen es uns. Ich wage solche Worte mit dem Mut des hohen Alters, das keine irdische Gerichtsbarkeit mehr fürchtet.

Aber letztendlich war es ein grobschlächtiger Hurenbock und Säufer, der stärker war als Cicero, und der Name dieses Geschöpfes war Marcus Antonius. Der mächtige Antonius, an den man sich inzwischen wohl nur noch wegen seiner Verbindung mit Cleopatra erinnert, der damals aber mit seinen Legionen im Norden Italiens stand, und gegen den Cicero bereits das ganze Land mobilisiert hatte – mit Erfolg, wie es zunächst schien.

Dann aber wendete sich das Blatt, als Octavianus, der junge Erbe Caesars, meinen Herrn verriet und sich mit Antonius verbündete. Auch Octavianus, den wir heute als Augustus kennen, wird mittlerweile als Gott verehrt. Vielleicht sollte ich mich glücklich preisen, dass es mir vergönnt war, in einer Zeit zu leben, die so viele irdische Götter hervorbrachte? Cicero jedenfalls fand sich als Flüchtling auf der Landstraße wieder, geächtet und mit dem Tode bedroht, und ich war damals unter denen, die ihn begleiteten.

Von seinem Glanz und seiner Eitelkeit war an jenem Tage nichts mehr übrig – es gab nur noch ein ausgezehrtes Gesicht, einen gehetzten Blick, und seine wenige bewegliche Habe, die wir ihm halfen, zur Küste zu bringen. Seine Frau war fort, die geliebte Tochter tot, der Sohn unerreichbar. Er war nun in der Tat allein, bis auf uns Sklaven. Was konnte er vom Leben noch erwarten, sofern er es in den nächsten Tagen nicht ohnehin verlieren würde?

Wir kamen nur sehr langsam voran, da Cicero eine Sänfte benutzte, leider die einzige Art der Fortbewegung, die sein müder Körper noch ertragen konnte. Auf Nebenstraßen erreichten wir zunächst seine Villa in Formiae. Seine Landsitze, vor allem Tusculum, waren ihm stets eine Zuflucht gewesen, hier konnte er sich philosophischen Studien widmen. Doch damit war es nun vorbei. Jetzt, den Tod vor Augen, gab es nichts mehr, das ihn trösten konnte – kein Landsitz, kein philosophischer Rat, keine Freundschaft. Ich war nur sein Sklave, und vielleicht ist mein Urteil anmaßend, doch denke ich, dass sich mein Herr trotz all des Philosophierens der Realität des Todes niemals ernsthaft gestellt hatte. Nun, da er ihr ohne Erbarmen oder Aufschub ausgeliefert war, war er nackt und hilflos. Der Mann, der jahrzehntelang die Gerichtshöfe und die Politik beherrscht hatte, war wehrlos und floh wie ein gehetztes Tier.

Wir blieben nicht lange in Formiae, Cicero trieb uns zur Eile, mehr durch Gesten als durch Worte. Er war beinahe verstummt, und wenn er gelegentlich doch zu uns sprach, dann war es nur ein heiseres Krächzen.

Wir eilten zum Hafen von Caieta, doch wohin sollte er fahren? Zu Brutus in den Osten? Zu Sextus Pompeius nach Sizilien? Er war unfähig, eine Entscheidung zu treffen. Dabei hatten wir Glück, denn wir fanden einen Kapitän, der bereit war, Cicero an Bord zu nehmen, obwohl er als Landesverräter galt, und alle, die ihm halfen, mit ihm des Todes waren.

„Zunächst einmal nach Sardinien", sagte Cicero, „dann sehen wir weiter."

Doch es war schon Anfang Dezember, das Meer war unruhig, und mehrere Versuche, auf die offene See zu gelangen, scheiterten.

„Also nicht einmal Sardinien", murmelte mein Herr kaum hörbar. Dann nickte er. „Ich verstehe es jetzt. Es ist nicht meine Bestimmung, Italien zu verlassen."

Verzweiflung befiel mich. Cicero gab sich geschlagen, was sollte nun werden?

Mein Herr verschwand im Inneren seiner Sänfte und ließ danach eine ganze Weile nichts mehr von sich hören. Wir Sklaven standen um die Sänfte herum, warteten verunsichert auf ein Zeichen unseres Herrn und unterhielten uns leise und mit zunehmender Angst. Wenn unsere Verfolger uns einholten, würden wir dann alle sterben? Als einer von uns die Vermutung äußerte, Cicero könne sich womöglich in seiner Sänfte schon selbst getötet haben, schwang der Totgeglaubte plötzlich den Vorhang zur Seite und rief uns mit lange nicht gehörter Klarheit in der Stimme zu: „Was ist los mit euch? Was schwatzt ihr da? Bringt mich zurück nach Formiae!" Dann ließ er ein heiteres, fast ausgelassenes Lachen hören, und während wir uns in Bewegung setzten, das Rauschen des aufgepeitschten Meeres im Rücken, wusste ich, dass Cicero jetzt mit seinem Leben abgeschlossen hatte. Seine Flucht war zu Ende. Er würde dem Tod entgegentreten und dabei lächeln, so wie er es in seinen philosophischen Schriften als Ideal geschildert hatte, ohne gewusst zu haben, dass es letztendlich ein Auftrag an ihn selbst gewesen war.

Die berittene Truppe fing uns ab, als wir den Hügelkamm oberhalb von Caieta erreicht hatten. Die Bewaffneten umringten uns, und während wir Sklaven vor Angst bebten und kaum zu atmen wagten, stieg ein kräftiger Mann – man sagte mir später, es sei ein Zenturio namens Herennius gewesen – vom Pferd und zog sein Schwert. Cicero schob den Vorhang der Sänfte beiseite. Als Herennius den berühmten Mann erblickte, bemerkte ich, dass der Zenturio kurz erstarrte. Er war sichtlich nervös. Offenbar war der Auftrag, den er heute auszuführen hatte, selbst für einen abgebrühten Soldaten nichts Alltägliches.

Auch meinem Herrn war das nicht entgangen. Er streckte den Kopf aus der Sänfte, lächelte freundlich, und sagte zu dem Zenturio: „Warum zittern deine Hände? Machst du das etwa zum ersten Mal?"

Herennius schlug zu.

Das Ende des Lebens bedeutet kein Auslöschen, sondern nur den Übergang an einen anderen Ort, davon war Cicero immer überzeugt gewesen. Vielleicht aber war meinem Herrn erst in seiner letzten Stunde wirklich bewusst geworden, dass er tatsächlich eine ewige Wahrheit erkannt hatte.

Mir selbst jedenfalls gewährte das Schicksal noch Aufschub. Die Soldaten beachteten uns Sklaven nicht weiter. Ciceros Kopf und Hände aber wurden als Trophäen nach Rom gebracht und am Forum in einem hölzernen Rahmen auf die Rednertribüne genagelt, von der mein Herr über so viele Jahre zu seinen Mitbürgern gesprochen hatte.

Die Tribüne steht heute noch, ja, sie wurde sogar noch vergrößert, und noch immer sprechen noble und berühmte Männer von ihr herab zum Volk, doch keiner von ihnen wird jemals jene Freiheit kennen, die Marcus Tullius Cicero verkörperte, und die mit ihm an jenem Wintertag an der Küste von Caieta zugrunde ging.

Der Baum und der Regen

Mitunter passiert es mir, dass ich mich in einer Betrachtung verliere. Diesmal ist es ein in sattem Sommergrün stehender Baum, dem meine Aufmerksamkeit gilt, und da ich gerade nichts Eiliges zu tun habe, das mich von einer genaueren Betrachtung abhalten könnte, sehe ich mir den Baum in Ruhe an. Dabei ist an der Linde, die direkt vor meinem Küchenfenster steht, im Grunde nichts Besonderes zu entdecken, ja es scheint mir sogar, dass sie ein wenig kleiner geraten ist, als die anderen Linden, die sich in ihrer Nachbarschaft befinden.

Mein spezielles Interesse für genau diesen Baum ergibt sich also vielmehr aus der günstigen Lage meines Küchenfensters, günstig vor allem deshalb, da es mir durch die Lage meiner Wohnung im zweiten Stock möglich ist, die Linde dort zu betrachten, wo es mir am lohnendsten scheint, nämlich in der Krone.

Ich brauche nicht lange, um mir darüber klar zu werden, dass es gar keine Krone im Sinne einer geschlossenen Einheit ist, sondern eine Vielzahl von Kronen, die, je nachdem, wohin mein Blick sich wendet, ineinander übergehen, verschmelzen oder sich in ihrer Anzahl verringern oder vergrößern, je nachdem wie stark der Wind gerade weht oder wie viel Sonnenlicht die vorbeiziehenden Wolken für den Moment hindurchlassen. Es sind mehrere Etagen, die übereinanderliegen, die aber miteinander zu kommunizieren scheinen, denn wenn der Wind die oberen Etagen zerzaust, läßt er dadurch einen Lichterregen auf die unteren Etagen fallen. Die ständige Bewegung der Blätter erhöht noch den Effekt der unaufhörlichen Veränderung von Licht, Schatten und Farbe. Ich stelle fest, dass ich mir nicht sicher sein kann, welche Farben die Lindenblätter wirklich haben – von dunkelgrün bis gelbgrün scheint das Spektrum zu reichen.

Auch die Bewegungen der Zweige und Blätter erscheinen mir bei genauerer Betrachtung sehr eigenwillig, denn obwohl sie vom Wind hervorgerufen werden, sind sie dennoch so vielgestaltig, als habe der Baum ein Eigenleben.

Meine Gedanken schweifen zu den Wurzeln der Linde, die ich, wenngleich für mich unsichtbar, doch plötzlich in Gedanken vor mir sehe, als stilles unterirdisches Gegenstück zu dem grün flackernden Baum-kronen-Konglomerat.

Und das pralle Leben geht in diesen Kronen ein und aus – Insekten und Vögel landen und starten zwischen den Zweigen wie auf einem mehrgeschossigen Airport.

Während ich mir vorstelle, wie der Baum mit seinen Wurzeln und Zweigen ein Bindeglied zwischen Himmel und Erde verkörpert, fallen aus den zunehmend dunkler gewordenen Sommerhimmelwolken die ersten Regentropfen, und schon kann ich beobachten, wie sich Blätter und Äste der Linde unter einem heftigen Wolkenbruch biegen. Mein Auge kann weder die einzelnen Tropfen unterscheiden, noch ihrem rasend schnellen Lauf folgen, doch ich beginne mir vorzustellen, wie die Regentropfen das vollenden, was der Baum nur andeutet. In ihrer runden Form spiegelt sich die ganze Welt, sie sickern in die Erde, in die Bäche und Flüsse, mit denen sie sich vereinen, um ihre Reise zum Meer anzutreten, aus dem sie im Dunst wieder aufsteigen, um irgend-wann wieder auf die Linde vor meinem Fenster herabzufallen. Ein geschlossener Kosmos, nichts geht verloren.

Zufrieden mit dieser Erkenntnis verharre ich noch eine ganze Wei-le an meinem Küchenfenster, auch dann noch, als der Wolkenbruch vorbeigeht, und die letzten Tropfen von den Blättern rollen.

Das Geheimnis des Großonkels

Es war der letzte Tag vor Heiligabend. Die Dämmerung war schon hereingebrochen, und ein blauschwarzer Winterhimmel wölbte sich über den Häusern der kleinen Stadt, in der Margit und Tom mit ihren Eltern Flora und Albert lebten. Um fünf Uhr klang leise das Läuten der Turmuhr der nahen Kirche herüber.

Tom und Margit, für die nun endlich die ersehnten Weihnachtsferien begonnen hatten, saßen in Margits Zimmer beisammen und sahen sich Fotos vom letztjährigen Weihnachtsfest an. Verschneite Berge und eine schmausende Festrunde waren darauf zu sehen.

„Schau mal", sagte Margit, „da ist auch Onkel Kilian! Was er wieder für ein ulkiges Gesicht macht!"

Tom musste lachen. „Ich freue mich schon auf morgen! Dann sind wir endlich wieder bei ihm!"

„Ja, das wird sicher wieder ein tolles Fest!", stimmte Margit ihrem Bruder zu.

Seit einigen Jahren verbrachten die Kinder mit ihren Eltern die Weihnachtsferien stets bei dem schrulligen, aber herzensguten alten Kilian, der in einem kleinen Dorf auf dem Land wohnte. Im Grunde war er ja der Onkel ihrer Mutter, und somit ihr Großonkel, aber alle in der Familie nannten ihn einfach Onkel Kilian. Vor drei Jahren hatte der alleinstehende Kilian der Familie erstmals vorgeschlagen, Weihnachten bei ihm zu verbringen. Platz genug hatte er ja, in seinem geräumigen alten Haus, das auf Margit und Tom wie ein verwunschenes Märchenschloss gewirkt hatte. Die damaligen Weihnachtsferien waren ein so großes Vergnügen für alle gewesen, dass es seither schon fast Tradition geworden war, die Ferien bei Onkel Kilian zu verbringen. Auch heuer hatte er die Familie wieder eingeladen, und die Kinder freuten sich schon wie Schneekönige, denn draußen auf dem Land Weihnachten zu feiern, war etwas Wunderbares. Außerdem gab es bei Kilian immer irgendetwas zu erleben, und sein Haus und der etwas verwilderte Garten bargen tausend Geheimnisse.

Tom und Margit waren so aufgeregt, dass sie an diesem Abend noch lange wachlagen, ehe sie einschliefen. Und während die beiden friedlich schlummerten, fiel draußen sacht der Schnee, der bisher auf sich hatte warten lassen …

Am nächsten Morgen ging es dann endlich los, und nach etwa einer Stunde Autofahrt erreichte die Familie jenes waldige Bergland, wo Kilians Heimatdorf lag. Je näher sie dem Ziel kamen, desto besser kannten sich Margit und Tom aus – ja, hier musste man links abbiegen, und dort rechts … Und da war schon der kleine Hügel mit der Dorfkirche und der lange grüne Gartenzaun vor dem Haus des Gemischtwarenhändlers! Und dort, hinter der Baumgruppe, lag Kilians Haus! Man konnte schon die Spitze des Dachtürmchens sehen …

Eine Minute später parkte Albert den Wagen vor Kilians Gartentor und die Familie marschierte mit Sack und Pack durch den verschneiten Garten zur Haustür. Tom betätigte die Türklingel. Bald hörte man von drinnen Scheppern, Husten und Schlurfen, und dann öffnete sich die Türe und Kilian stand vor ihnen. Er grinste übers ganze Gesicht. „Da seid ihr ja endlich, meine Kinder!", sagte er fröhlich, und es war klar, dass er auch Albert und Flora als „seine Kinder" betrachtete. Dann winkte er die Familie herein.

„Rein in die gute Stube, wenn's nicht grad der Krampus ist!", kicherte er. „Ich bin schon dabei, den Festtags-Fisch für das Mittagessen vorzubereiten!"

Es war herrlich, wieder bei Onkel Kilian zu sein. Margit und Tom bekamen wieder ihr altes Zimmer im ersten Stock, vom dem aus man einen wunderbaren Blick über die verschneiten Berghänge hatte. Gegen Mittag tollten sie im Garten herum, bauten einen Schneemann und ein Schloss aus Eis, während die Erwachsenen in der Küche am Mittagessen werkten.

Kurz darauf wurde dann im weihnachtlich geschmückten Wohnzimmer geschmaust, während vor den Fenstern wieder Schneeflocken vorbeitrudelten.

Den Nachmittag über, während die Erwachsenen im Untergeschoß geheimnisvoll rumorten, beschäftigten sich Tom und Margit voll gespannter Erwartung in ihrem Zimmer. Onkel Kilian hatte ihnen heuer sogar einen Fernseher aufs Zimmer gestellt – eine kleine Sensation, wenn man bedachte, dass Kilian für derart „neumodisches Zeug" normalerweise wenig übrig hatte.

Gegen sechs Uhr, als die Spannung am größten schien, hörten Margit und Tom dann das silberne Klingeln des Weihnachtsglöckchens. Die

Kinder lauerten bereits an der Holztreppe, und da kam auch schon Kilian.

„Ich glaube, im Weihnachtszimmer hat sich was getan!", meinte er flüsternd und bedeutete den Kindern, ihm zu folgen. Sekunden später betraten sie das Wohnzimmer, und der Glanz eines herrlichen Christbaums blendete sie. Das große Fest war endlich da – Weihnachten!

Man sang Weihnachtslieder, erfreute sich an den Geschenken, aß Kekse und Lebkuchen und genoss den Heiligen Abend im Lichterschein und Tannenduft. Es war ein wunderbares Fest, und wie immer bei solchen Dingen – es war viel zu schnell wieder zu Ende.

„Schade, dass es schon wieder vorbei ist!", meinte Margit etwas wehmütig, als Flora, Albert und Kilian ihr und Tom eine gute Nacht wünschten. Die Kinder lagen gemütlich in den dicken Daunendecken.

Kilian überlegte. „Noch liegen ja die Feiertage und Silvester vor uns." meinte er, „in den nächsten eineinhalb Wochen werden wir wohl noch viel Spaß haben, und außerdem kann ich euch die heutige Christnacht noch verschönern!"

Er verschwand kurz und kam bald mit einem kleinen Gemälde zurück. Es wirkte recht alt und zeigte einen geheimnisvollen, nächtlichen Winterwald. Kilian hängte es an einen Nagel an der Wand zwischen den Betten der Kinder.

„Dieses Bild habe ich in meiner eigenen Kindheit sehr geliebt", erklärte Kilian. „Es wird euch durch die Nacht geleiten."

Margit wunderte sich ein wenig, was der Onkel damit meinte. Als Kilian mit Flora und Albert das Zimmer verließ, sagte er noch: „Ich wünsche euch wunderbare Träume!"

Und mit diesen Worten schaltete er das Licht aus und schloss sachte die Tür.

Margit wachte auf und erschrak. Wo, um alles in der Welt, befand sie sich? Sie war im weichen Bett im Haus von Onkel Kilian eingeschlafen, doch jetzt befand sie sich eindeutig an einem anderen Ort! Sie stellte fest, dass sie in einen dicken Mantel gehüllt war und auf einem Reisighaufen in einer kleinen Höhle lag. Entsetzt und mit klopfendem Herzen stand sie auf und verließ die Höhle. In einem merkwürdigen nächtlichen Halbdunkel erkannte sie einen verschneiten Wald mit hohen Bäumen. Alles wirkte seltsam und fremd.

Margit versuchte, sich zu beruhigen. Es ist nur ein Traum!, dachte sie, Ich muss mir keine Sorgen machen! Und trotzdem wirkte das alles so echt und irgendwie unheimlich … Gleichzeitig war es aber auch sehr schön. Margit genoss es nun beinahe, in diesem wunderbaren Weihnachtswald zu stehen und blickte zum Himmel. Mond und Sterne waren zwischen den Zweigen der Bäume zu sehen. Alles war still und friedlich.

Plötzlich durchzuckte sie ein Gedanke: Das Bild! Es war der Wald aus Onkel Kilians altem Gemälde! Offenbar hatte das schöne Bild so auf Margit gewirkt, dass sie jetzt davon träumte!

„Was machst du denn in meinem Traum?", sagte plötzlich eine Stimme hinter ihr.

Sie drehte sich um. Es war ihr Bruder Tom.

„Was soll das heißen – dein Traum?", fragte Margit erstaunt. „Das ist immerhin mein Traum! Aber bitte – ist ja egal!"

Traum war Traum, und wenn Tom darin vorkam, warum nicht? Ihr Bruder, zwei Jahre jünger als sie, war zwar manchmal eine Nervensäge, aber es war trotzdem ein gutes Gefühl, ihn in diesem merkwürdigen Traum als Begleiter dabei zu haben.

„Hast du eine Ahnung, wo wir sind?", fragte Tom.

„In Kilians Gemälde", antwortete Margit nachdenklich. „Es sieht jedenfalls so aus. Wenn ich nur wüsste, was wir hier sollen!"

Plötzlich hörte sie leises Rascheln im Gebüsch, und ihr war so, als hätte sie irgendetwas aufleuchten sehen. Und was die Geschwister dann zu Gesicht bekamen, war unglaublich, aber in einem Traum war offenbar alles möglich: Ein Grüppchen kleiner Gestalten mit langen Bärten und Laternen in der Hand kam aus dem Gebüsch hervor und nahm vor den Kindern Aufstellung.

„Willkommen in unserem Wald!", sagte einer von ihnen, offenbar der Anführer. „Ich bin Fridolin. Wir haben euch erwartet."

„Wer … Wer seid ihr?", stammelte Margit.

„Wir sind die Weihnachtstrolle", sagte Fridolin. „Man nennt uns auch Julzwerge. Dies ist unser Wald und wir leben hier friedlich seit ewigen Zeiten. Doch jetzt sind wir in Gefahr, und wir wussten, dass nur Menschenkinder uns in der Christnacht Hilfe bringen können."

Tom hatte sich ein wenig gefasst und sagte: „Was meint ihr damit?"

„Wir besitzen ein heiliges Symbol, den Kristallstern Aldebaran", erklärte Fridolin, „doch die Hexe Jolantha hat ihn gestohlen. Laut einer

Prophezeiung können nur zwei Menschenkinder ihn wiederfinden. Wenn das nicht gelingt, kann es nie wieder Weihnachten werden."

Es ist ja nur ein Traum, dachte Margit und sagte: „Wir werden Aldebaran für euch suchen!"

„Sagt uns, was wir tun müssen!", fügte Tom hinzu.

Fridolin zog einen Mistelzweig aus seiner Tasche. „Nehmt diesen Zweig mit euch!", sagte er. „Er hat Zauberkraft und wird euch zu Jolantha führen. Was ihr allerdings tun müsst, um sie zu besiegen, könnt ihr nur selbst herausfinden!"

Tom steckte den Mistelzweig ein. Einer der Julzwerge reichte Margit eine Laterne.

„Wir werden es schaffen!", sagte Margit. „Wir bringen euch den Stern zurück!"

Dann stapften die Geschwister los.

„Wir danken euch, Kinder!", rief Fridolin noch, und als Margit zurückblickte, sah sie, wie die Julzwerge ihnen nachwinkten. Bald war die seltsame Schar ihren Blicken entschwunden. Ein beklommenes Gefühl überkam Margit. Worauf hatten sie sich da nur eingelassen?

Es wurde eine seltsame, und doch auch schöne Wanderung durch den Zwergenwald. Obwohl die Kinder den Wald nicht kannten, wurden sie von dem Mistelzweig offenbar in die richtige Richtung gezogen. Schließlich erreichten sie einen klaren Bach. Plötzlich sahen sie im Halbdunkel am anderen Ufer des Baches seltsame Gestalten stehen: Es waren hässliche Trolle mit gekrümmten Hauern und Keulen über den Schultern.

„Gebt auf!", schrie der Anführer der Schauerfiguren. „Ihr könnt unsere Herrin Jolantha nicht besiegen! Vorher werden wir euch vernichten!"

„Das wollen wir doch sehen!", sagte Tom, griff zitternd nach dem Mistelzweig und streckte ihn der Trollbande entgegen. Die Monster quiekten und machten sich davon.

„Ich glaube, Fridolins Gabe ist wertvoller, als sie aussieht", meinte Margit.

Dann setzten die Geschwister ihren Marsch durch den Wald fort. Nach einiger Zeit kamen sie zu einer Lichtung mit einer Hütte.

„Ich wette, hier wohnt Jolantha!", sagte Tom schaudernd. „Jetzt wird es ernst!"

Sie gingen zur Hüttentür und klopften. Nichts. Vorsichtig öffnete Margit die Türe, und die Kinder traten ins dämmerige Innere des Hauses.

„Sieh mal!", rief Tom, „Dort, in der Ecke, der glitzernde Stern! Das muss Aldebaran sein!"

Praktisch im selben Moment schlug die Tür hinter den Kindern mit lautem Krachen zu, und da stand eine Gestalt, in einen dunklen Umhang gehüllt, das bleiche Gesicht halb unter einer Kapuze verborgen. Die Kinder zweifelten keinen Moment, wen sie vor sich hatten – Jolantha, die Hexe.

„Ihr sitzt in der Falle!", kicherte sie, und um ihre Krallenhände zuckten gelbe, knisternde Blitze.

„Was sollen wir denn jetzt tun?", wimmerte Tom.

„Versuchen wir's wieder mit dem Zweig!", meinte Margit, packte den Ast und streckte ihn Jolantha entgegen. Nichts geschah. Die Hexe lachte schallend.

„Ihr beiden seid wirklich rührend!", spottete sie mit knarrender Stimme, „Und ihr kommt genau zur richtigen Zeit! Ich brauche dringend zwei neue Sklaven, die meine Hütte fegen und Aldebaran für mich bewachen, damit diese lächerlichen Julzwerge und dieses ekelhafte Weihnachtsfest endlich erledigt sind!"

Erneut erklang das schreckliche Lachen.

Margit überlegte fieberhaft. Jetzt kam es darauf an, schnell das Richtige zu tun. Und sie hatte plötzlich ein sehr starkes Gefühl, was das Richtige war.

Sie nahm den Zweig und wandte sich an die Hexe. „Der Zauberzweig ist stark. Aber noch stärker sind wir und unsere Überzeugung! Tom und ich lieben Weihnachten, und wir sind davon überzeugt, dass es den guten Zauber der Weihnacht auch heute noch gibt – auch wenn viele Leute nicht mehr daran glauben. Aber wir tun es! Also verschwinde, und zerstöre nicht den Weihnachtssegen!"

Und da geschah es – Jolantha wollte scheinbar irgendetwas erwidern, aber sie schien keine Kraft mehr zu haben, ihre Konturen flackerten, ihre Gestalt wurde unscharf, und plötzlich war sie verschwunden.

„Wir haben es geschafft!" jubelte Tom.

„Ja!", sagte Margit überglücklich. „Der Zauber der Weihnacht war stärker als die Hexe!"

Sie nahmen Aldebaran an sich, verließen die Hütte und machten sich frohgemut und erleichtert auf den Rückweg.

Dann wurden Margits Gedanken plötzlich unklar – sie sah noch Fridolins glückstrahlendes Gesicht und ein helles Licht am Himmel, und dann … dann wusste sie nichts mehr.

Der Christtag begann mit einem wunderschönen Wintermorgen. Sanftes Sonnenlicht erhellte die Winterlandschaft des ersten Weihnachtsfeiertages. Als Margit und Tom zum Frühstück mit Kakao und Christstollen herunterkamen, begrüßte Onkel Kilian sie herzlich und sagte: „Na, gut geschlafen?"

Margit atmete tief durch. Plötzlich stand ihr wieder alles klar vor Augen – der seltsame Traum, Fridolin, Jolantha, Aldebaran …

Während des Frühstücks begann sie, ihren abenteuerlichen Traum zu erzählen, und die Runde staunte nicht schlecht. Die größte Überraschung bot jedoch Tom, der auf einmal verwirrt sagte: „Jetzt erinnere ich mich an meinen eigenen Traum … Du warst auch da, und wir hatten einen Mistelzweig dabei, den uns die Zwerge gegeben hatten. Dann trafen wir düstere Trolle an einem Bach, und kamen zu einer Hütte …"

Margit und Tom starrten einander mit offenen Mündern an.

„Na, ich glaube, Kilians altes Gemälde hat euch doch ziemlich angeregt!", meinte ihre Mutter lachend. Auch ihr Vater schmunzelte!

Tom und Margit hingegen fanden es überhaupt nicht lustig. Sie standen unter Schock. Hatten sie allen Ernstes beide exakt dasselbe geträumt? Das konnte doch nur eines bedeuten: Dass es überhaupt kein Traum gewesen war! Sie blickten zu Onkel Kilian hinüber. Ein leichtes Lächeln umspielte seine Mundwinkel. Dann zwinkerte er den Kindern kurz zu – und schwieg. Inzwischen hatten Flora und Albert schon das Thema gewechselt und verwickelten Kilian jetzt in ein Gespräch über das Wetter und andere uninteressante Dinge.

Margit versuchte, ihre Gedanken zu ordnen. Was war wirklich vorgefallen in dieser Christnacht? Was war das nur für ein Gemälde? Woher stammte es? Und was wusste Kilian darüber? Margit war klar, dass es wohl für immer ein Geheimnis bleiben würde …

Der Stephanitag und die Tage bis Silvester vergingen wie im Fluge. Die Silvesternacht wurde in Saus und Braus gefeiert, und man ließ es sich auch noch die kommenden Tage gutgehen. Dann aber kam Dreikönig näher, und der Tag der Heimfahrt war da. In zwei Tagen würde für Tom und Margit wieder die Schule beginnen, und die Ferien waren unverrückbar zu Ende. Albert und Flora hatten schon die Koffer ins Auto gepackt und waren nun mit Tom im Untergeschoß, um sich von Onkel Kilian zu verabschieden. Nur Margit war noch einmal ins Zimmer hinaufgelaufen und war in Betrachtung des Wintergemäldes versunken. Vorsichtig strich sie mit den Fingerspitzen über das alte Bild.

„Margit, kommst du?", rief ihre Mutter von unten, „wir fahren!"

„Bin gleich da!", rief Margit zurück.

Sie schaute noch einmal auf das Bild.

„Leb wohl, Fridolin!", flüsterte sie, dann riss sie sich los und lief über die Stufen nach unten.

Tod auf dem Perserteppich

Privatdetektiv John Coxlie ließ nachdenklich den Blick durch das riesige Wohnzimmer der Villa gleiten – das Refugium des Hollywood-Produzenten und notorischen Playboys Gilroy Burton, kühn in den Klippen hoch über dem Pazifik angelegt. Und hier, in der Mitte des Wohnzimmers, lag hingestreckt auf einem edlen Perserteppich der Hausherr höchstselbst und rührte sich nicht, was nicht weiter verwunderlich war, denn der gute Mann war mausetot. Der Filmmogul war am frühen Vormittag von seiner seither hysterisch kreischenden Haushälterin aufgefunden worden, und der wie immer völlig überforderte Polizeikommissar hatte sofort John hinzugezogen.

Lag da nicht ein leichter Mandelgeruch in der Luft? Zyankali, kein Zweifel! John grinste zufrieden. Wie erfreulich, wenn es gelang, Erfahrung, Verstand und Instinkt so trefflich zu verknüpfen! Vor einer Viertelstunde hatte ihm zudem der Kommissar – bevor er während der Arbeit der Spurensicherung bewusstlos umgekippt war – einen Computerausdruck mit einigen Eckdaten über das Leben Burtons überreicht, und wenn John dies alles mit seinem eigenen, hauptsächlich aus der Yellow Press stammenden Wissen über Burton verband, dann ergab sich Folgendes: Die Liste der möglichen Verdächtigen war, überschaubar, welch ein Glück!

Da war zunächst die Haushälterin, deren Gekreische allein ja schon tödlich war.

Der Butler kam natürlich genauso in Frage, aber aus völlig unverständlichen Gründen hatte Burton keinen. Dass der Gärtner verdächtig war, verstand sich ohnehin von selbst. Und natürlich die Nachbarn, zum Glück nur acht an der Zahl. Dann gab es da noch sieben Ex-Frauen mit offenen Forderungen und allein innerhalb der letzten Monate vierunddreißig Geliebte (davon achtundzwanzig verflossen), inklusive neunzehn gehörnte Männer. (Alles in allem halb so wild, dachte John. Er hatte schon Schlimmeres erlebt.)

Weiters vier Regisseure und dreiundvierzig Schauspieler (zwanzig männliche, dreiundzwanzig weibliche), die gegen Burton wahlweise wegen geplatzter Verträge oder sexueller Belästigung prozessiert hatten (somit schied zumindest sein Anwalt als Verdächtiger aus); dazu elf Paparazzi, die er verprügelt hatte (davon drei mittels Regenschirm, zwei mit dem Spazierstock, die anderen unter Zuhilfenahme diverser stumpfer Gegenstände, darunter die Vogeltränke aus dem Garten), sowie zehn Antiquitätenhändler, die von Burton geprellt worden waren.

Und nicht nur unter dem Druck der Medien hatte der Produzent gestanden, sondern auch unter dem seiner Masseurin, also war auch sie höchst verdächtig. Nicht zu vergessen auch der persönliche Fitness-Trainer, dem man nachsagte, dass er sich ausschließlich von Müesli ernährte. Schon allein deshalb war ihm jede brutale Schandtat zuzutrauen.

Genauer ansehen musste man sich auch die drei geldgierigen Töchter, zudem die vier ganz besonders geldgierigen Neffen, und die acht noch viel, viel geldgierigeren Nichten.

Dann war da noch der überaus zwielichtige Don Minestrone aus Palermo, in Insiderkreisen auch „Koksvaterl" genannt. (John grinste breit, als er daran denken mußte, dass er den Don noch als „Mama Ecstasy" gekannt hatte … Aber das war wirklich eine andere Geschichte!)

Und dann natürlich jene einäugigen Bettelmönche, die in den vergangenen Wochen auffällig oft in der Villa Burton ein und aus gegangen waren, und denen böswillige Zeitgenossen eine Verbindung zu einem Menschenopfer darbringenden indischen Kali-Kult nachsagten.

Nähere Betrachtung erforderte auch der Musiker, der bei einigen von Burtons Partys aufgetreten war und stets einen Gitarrenkoffer bei sich trug, obwohl er doch eigentlich Keyboard spielte.

Der Weinhändler war mindestens ebenso verdächtig, schon allein deswegen, weil er hinkte und einen sehr merkwürdigen Akzent hatte.

Nicht außer acht lassen durfte man auch den Milliardär Oleg Oligarchsky, angeblicher Ex-Agent und nunmehr leidenschaftlicher Sammler von Briefkastenfirmen auf den Bermudas, der aus unerfindlichen Gründen ganz wild darauf gewesen war, zwei von Burtons letzten Filmen mitzufinanzieren.

Im Auge behalten mußte man natürlich zudem die drei Haushaltsroboter, die im Haus und im Garten herumwuselten, und für die möglicherweise die Ermordung ihres Besitzers der erste Schritt zur Erlangung der Weltherrschaft darstellte.

Und last not least war da noch Nutty, Weltenbummler und Schatz-sucher im Ruhestand, der seit einem Monat um Burtons Anwesen strich, mit der Behauptung, er sei im Besitz eines in Rätselreimen abgefassten Millionen-Testaments von Burtons angeheirateter Groß-tante dritten Grades.

John lächelte siegessicher. Wenn er sich auf diese wenigen Verdäch-tigen konzentrierte, und sowohl den berüchtigten Burton-Familien-fluch, als auch den angeblichen Seeschlangen-Spuk an den Pazifik-klippen und das Eingreifen von Außerirdischen als Erklärung für Burtons Ableben beiseite ließ, dann würde es mit Sicherheit einer seiner leichtesten Fälle werden!

Aus dem Augenwinkel bemerkte er eine Bewegung. Gilroy Burton erhob sich soeben stöhnend vom Perserteppich und kam mühsam auf die Beine.

„Ich werde wohl zu alt für diese langen Nächte", ächzte der Produ-zent. „Und wo sind die Mädels hin …?" Er schwankte und starrte mit verwirrtem Blick auf John und die Polizisten. Seine Stimme klang weinerlich, als er weitersprach – „Sagen Sie mir wenigstens, wie spät es ist!"

Gespräch mit einem Holzwurm

Man kann sich bestimmt mein Erstaunen vorstellen, als ich vor etwa einem Monat – ich glaube, es war ein Mittwoch – meine Vorzimmerkommode zu mir sprechen hörte. Nicht, dass mich in diesem Leben noch irgendetwas überraschen könnte, aber dieser Vorfall war doch zu ungewöhnlich, als dass ich ihn einfach hätte ignorieren können.
Ich trat näher an die Kommode heran, ein kleines altes Möbel, das einmal meiner Großtante gehört hatte, und als ich vorsichtig meine Hand auf das Holz legte, hörte ich die zarte, feine Stimme erneut: „Einen schönen guten Tag! Endlich nehmen Sie mich wahr! Ich dachte schon, Sie ignorieren mich mit Absicht!"
Verblüfft stellte ich fest, dass es nicht die Kommode selbst war, die mich da so höflich ansprach, sondern ein Holzwurm, der aus einem Loch im Holz hervorschaute und mir freundlich zunickte.
„Jetzt wohnen wir schon so lange unter einem Dach", erklärte er, „Da dachte ich, es wäre an der Zeit, mal Hallo zu sagen!"
„Freut mich!". sagte ich. „Wie geht's denn so?"
Das war nun also der Moment, den ich schon so lange vorausgesehen hatte. Ich verlor den Verstand, endgültig und mit voller Wucht, und es war nicht einmal mein Therapeut in der Nähe, um sich das irre Lachen anzuhören, in das ich ohne Zweifel gleich ausbrechen würde.
Zu meiner eigenen Überraschung lachte ich aber nicht, sondern ließ es zu, dass der Holzwurm mich in ein Gespräch verwickelte.
„Wie lange hausen Sie denn schon hier?", fragte ich das merkwürdige Geschöpf.
„Ach, schon eine gute Weile", bekam ich zur Antwort, „Aber machen Sie sich keine Sorgen um Ihre Kommode, ich nehme mir nur, was ich unbedingt brauche. Sehr schmackhaft übrigens. Solches Möbelholz wird ja immer seltener. Das Zeitalter der Spanplatte macht unsereins das Leben nicht leichter."
„Darüber sollte ich als Mensch wohl froh sein", gab ich zu bedenken, „Ich will Sie ja nicht kränken, aber Sie sind immerhin ein Schädling!"
„Typisch Mensch!" sagte der Wurm, „Wer hier ein Schädling ist, liegt doch wohl im Auge des Betrachters, und verglichen mit Ihrer Spezies sind meine Leute und ich blutige Laien."

Ich wusste im Moment nicht recht, was ich darauf antworten sollte – ich hatte die Schlagfertigkeit des Wurms wohl unterschätzt. Noch bevor ich etwas sagen konnte, sprach mein Gegenüber aber ohnehin schon weiter.

„Ich glaube ja überhaupt, dass Ihre Gattung sich ein wenig zu wichtig nimmt", sagte er. „Im Vergleich zu meinem beschaulichen Dasein als Philosoph im Inneren einer Kommode leben Sie und Ihresgleichen geradezu in einem ständigen Ausnahmezustand. Man bekommt ja einiges mit, wenn Sie Fernsehen oder Radio hören – Wirtschaftskrisen, Kriege, Pandemien, Skandale, Soap-Operas, Schönheits-OPs, Superstars und Topmodels, Internet und Trendsport … Nicht, dass Sie glauben, ich würde ständig lauschen, aber man fragt sich doch als einfacher Wurm, ob Sie nicht besser dran wären, wenn Sie auch einmal einige Zeit im Inneren einer Kommode verbracht hätten. Hier drin lernen Sie alles, was Sie wirklich im Leben brauchen!"

Ich schüttelte den Kopf. „Jetzt übertreiben Sie aber ein wenig, finden Sie nicht?"

„Der Meinung bin ich auch!", sagte eine Stimme über mir. Ich blickte nach oben und entdeckte eine Spinne, die an einem Faden von der Decke hing. „Lassen Sie sich bloß nicht von einem Holzwurm beschwatzen!", sagte sie. „Sonst treibt er Sie noch in den Wahnsinn!"

Allerdings!, dachte ich bei mir, jetzt fehlt nicht mehr viel! Ich stürmte ins Wohnzimmer und streckte den Kopf aus dem Fenster. Ein wenig frische Luft würde mir gut tun! Schon merkte ich, wie ich mich besser fühlte. Die Welt schien mir wieder in Ordnung zu sein. Jedenfalls bis zu jenem Moment, in dem mich das Rotkehlchen grüßte.

Im Spiegel

Ich schlurfte ins Badezimmer. Mein Kopf saß zwar noch auf meinen Schultern, doch es kam mir so vor, als könnte er jeden Augenblick herunterfallen, sofern er nicht ohnehin schon im Nirvana war, und der Rest meines Körpers zumindest auf dem Weg dorthin.

Wieder zu wenig geschlafen, wieder eine Nacht zum Tag gemacht, statt einem vernünftigen Rhythmus zu folgen. Nun ja, jetzt musste ich erst mal richtig wach werden.

Moment, das war ja nicht mal meine Wohnung! Wo befand ich mich eigentlich? Ich betätigte den Lichtschalter im Badezimmer. Allmählich begann sich auch meine Erinnerung aufzuhellen. Die Übersiedlung! Die Wohnung war mir noch fremd, aber dennoch meine eigene.

Ich hatte irgendetwas Wirres geträumt, keine Ahnung, was es gewesen war, und konnte wohl immer noch nicht recht in der Realität ankommen. Dieses Gefühl bestätigte sich, als ich in den Badezimmerspiegel blickte. Das war ja allerhand! Warum konnte ich mich in dem Spiegel nicht sehen? Ich blinzelte und versuchte es noch einmal. Nein, da war nichts. Dass meine Umgebung mich in der letzten Zeit kaum noch wahrnahm, war schon nervtötend genug, aber dass mich jetzt auch noch mein Spiegel ignorierte, das irritierte mich dann doch.

Ich drehte den Wasserhahn auf und spritzte mir kaltes Wasser ins Gesicht. Ich war definitiv wach, daran bestand nun kein Zweifel mehr. Ich hob den Kopf. Mein Spiegelbild war nach wie vor verschwunden. Ich schloss, dass der Spiegel wohl defekt sein musste. Zwar spiegelte er sämtliche Gegenstände, aber mich eben nicht. Da blieb mir wohl keine Wahl – ich musste ihn abnehmen und reklamieren. Der Verkäufer in dem Geschäft war nicht der Hellste gewesen, und was würde er jetzt erst sagen? Vermutlich würde er seine Auswahl an gesammelten Halbsätzen um weitere Facetten von „Aha" und „Ach so?" erweitern können.

Aber zuerst ein Gegencheck! Zurück ins Schlafzimmer und vor den Kleiderschrank! Auch in diesem Spiegel konnte ich mich nicht sehen. Zum Kuckuck, es lag also doch an mir! Ich musste mein Spiegelbild verloren haben. Aber wo? Konnte es schon am Vortag gewesen sein, ohne dass ich es bemerkt hatte? Im Bus? Oder im Stiegenhaus? Da war diese Alte gewesen, die mich so finster angestarrt hatte. Der böse Blick? Und wie findet man überhaupt ein verlorenes Spiegelbild wieder? Natürlich, es sah mir ähnlich. Das würde mir ermöglichen, es zu erkennen, wenn ich es irgendwo entdeckte. Aber wann war der Moment gewesen, an dem es mir abhanden gekommen war? Konnte es in der Nacht geschehen sein? Im Traum vielleicht? Was hatte ich denn eigentlich geträumt? Angestrengt versuchte ich mich zu erinnern. Da war diese Gestalt gewesen, vor der ich geflüchtet war ... Ich war, wie das in Träumen meist der Fall ist, kaum vom Fleck gekommen. Trotzdem hatte mein Verfolger, eine vampirhafte Erscheinung, plötzlich von mir abgelassen. Und jetzt wurde mir auch klar, warum! Er hatte mein Spiegelbild mitgenommen – der Neid der Besitzlosen, wie üblich! Wenn es wirklich ein Vampir gewesen war, dann war er nun der einzige seiner Art, der ein Spiegelbild sein Eigen nannte. Dabei sah es ihm nicht mal ähnlich! Zorn überkam mich. Das konnte sich ein mündiger Bürger nicht bieten lassen! Ich beschloss, mir einen Holzpflock zu besorgen. Der nächste Traum würde kommen!

Teil 2: Wahrheiten und anderer Nonsens
(Kabarett-Texte)

Entwurf einer Ansprache

(Anmerkung: Die folgende feierliche Ansprache kann sowohl bei politischen Veranstaltungen, als auch bei Eröffnungen, Geburtstagen, Trauungen, Firmenfeiern und dergleichen gehalten werden, denn sie ist universell und daher wiederverwendbar, also zum Recycling empfohlen.)

Meine sehr geehrten Damen und Herren, liebe Gäste!

Es ist mir eine Freude, wenn nicht sogar eine Ehre, dass ich einige Worte an Sie richten darf, denn Richtung braucht der Mensch. Und die Richtung, in die wir heute gehen, das lassen Sie mich sagen, ist umso erfreulicher, als der Mensch bekanntlich nicht vom Brot allein lebt. Ich erinnere mich, ich war noch sehr unerfahren, als ich das Licht der Welt erblickte, und bald darauf sagte mir mein Vater folgende Worte: dass nämlich, und das möchte ich jetzt festhalten, weil, wie Sie wissen, die Umstände meist ohnehin anders kommen, noch während man denkt. Aber denken Sie nicht, was ich jetzt denke! Wir wollen doch nicht vergessen, dass vieles in unserer heutigen Zeit, und damit meine ich vor allem, das möchte ich Ihnen heute mit auf den Weg geben, dass wir stets nach vorne blicken wollen. Daher erlaube ich mir an dieser Stelle eine kurze Rückblende. Bestimmt werden Sie sich erinnern, meine Damen und Herren, liebe Gäste, und ich meine, und damit stehe ich sicher nicht allein da, dass diese Dinge, und nicht nur diese, aber ich möchte das an dieser Stelle nicht vertiefen. Denn vergessen wir das eine nicht: Ein Spatz in der Hand ersetzt bekanntlich nicht die Schwalbe auf dem Dach, und auch die macht noch keinen Sommer, meine Damen und Herren! Denn schon Goethe sagte, und da verrate ich Ihnen ja nichts Neues: Hier bin ich Mensch, hier liegt des Pudels Kern! Und darin kann man ihm doch nur zustimmen! Ich möchte jedoch an dieser Stelle auch das eine sagen: Wer von uns wüsste nicht, was wir doch alle wissen? Und ich glaube, genau das brauchen wir in der heutigen Zeit. Denn wir leben in einer Zeit, in der uns nichts mehr heilig ist, außer den Mitteln, und das auch nur mit Hilfe des Zwecks. Aber ich schweife ab. Was ich Ihnen heute mit auf den Weg geben will, das lassen Sie mich hier bitte sagen, ist

Schall, aber viel mehr noch Rauch, und wo der ist, ist bekanntlich noch mehr davon! Doch wir sollten uns dadurch nicht aus der Ruhe bringen lassen. Denn, wer A sagt, der muss auch wollen, und dabei wird niemandem ein Zacken aus dem Fass laufen. Das würde ja der Krone den Boden ausschlagen! Ich weiß noch, dass immer gesagt wurde, und manche der Anwesenden werden sich erinnern, dass diese Bestrebungen, denen wir folgen, sich nicht nach dem richten dürfen, was wir anstreben. Denn warum in die Ferne schweifen, verschieb es nicht auf morgen! Ich hingegen möchte an dieser Stelle festhalten: Steter Tropfen führt auch nach Rom! Und Rom ist bekanntlich nicht an sieben Tagen erbaut worden, sondern auf Hügeln. Und denken wir daran: Nichts wird so heiß gegessen, wenn man es nicht kocht! Daher wollen wir optimistisch in die Zukunft schauen, und was wir dort sehen, wird uns, daran zweifle ich nicht, aber das sagte ich ja schon. Darum möchte ich an dieser Stelle von ganzem Herzen Ihnen, meine Damen und Herren, das lassen Sie mich bitte noch hinzufügen, denn es ist mir ein echtes Anliegen, und das wollen wir nicht vergessen, jawohl, gerade das, gerade in Zeiten wie diesen! Nun möchte ich aber zum Ende kommen, denn irgendwann sind wir alle an dem solchen. Das Buffet ist eröffnet!

(Der letzte Satz sollte bei Nichtvorhandensein eines Buffets weggelassen werden, da eine weitere Irritation der Gäste zu diesem Zeitpunkt aus humanitären Gründen nicht empfohlen werden kann.)

Der Kulturmensch

Ob ich mich für Kultur interessiere? Aber natürlich! Ich bin gewissermaßen ein hundertfünfzigprozentiger Kulturmensch! Jeder, der mich kennt, wird Ihnen das bestätigen! Ich bin vielseitig interessiert und immer up to date! Ich red jetzt englisch mit Ihnen, weil wir sind ja international! Ein Kulturmensch sollte sich ja auch in einer fremden Sprache zurechtfinden, dann hat er den Überblick, also quasi the overlook. Und das kommt bei mir vom vielen Lesen, denn Lesen tut die Sprache bilden tun! Ich war immer einer, wo viel gelesen hat, denn ich hab ja mit Erfolg diesen kritischen Moment überwunden. Sie wissen schon, der Moment, wenn man als junger Mensch aus der Bussi-Bär-Phase hinausgewachsen ist. Da hören dann viele mit dem Lesen auf. Aber bei mir war das anders! Literatur gehört für mich einfach dazu! Ich hol mir jede Woche die neueste Folge dieser Reihe, die kennen Sie vielleicht, die heißt „Dr. Stefan Krank", das sind gewissermaßen Arzt-Geschichten, nicht wahr? Das ist aus dem Leben gegriffen, und man erfährt da auch viel Medizinisches, also da hab ich schon so viel gelernt, wenn mein Hausarzt einmal nicht weiter weiß, der kann mich anrufen, und ich schlag ihm nach beim „Krank", ich hab ja über sechshundert Hefte daheim. Von Migräne bis Nierenstein, ich kenn mich aus! So weit wäre ich ohne die Literatur nie gekommen!

Und natürlich interessiere ich mich auch für Kunst! Letztens hat mich ein Bekannter mitgenommen, zu so einer, wie nennt man das … ein tschechisches Wort … ich weiß schon wieder: Vernissage! Da hatten sie ein Buffet, das war nicht von schlechten Eltern. Bier hatten sie dort, und verschiedene Weine … einen burgenländischen Zweigelt und einen südsteirischen Muskateller! Ich war ganz begeistert! Was die Bilder dort betrifft … was soll ich sagen, ich hab vergessen, wie die Stilrichtung heißt … Depressiver Voyeurismus, oder so ähnlich. Ist ja egal … Aber der Wein war wirklich gut!

Und ich hab ja auch selber Kunst daheim, ein Poster von diesem … den kennen Sie vielleicht: van Gokk! Ja, der hat Sonnenblumen-Poster gemacht! Das hat er machen müssen, denn wenn einer nur Ölgemälde macht, und die verkauft er alle erst nach seinem Tod, und dazwischen hackt er sich noch ein Ohr ab, davon kann doch keiner leben! Also hat er diese Poster produziert, und eines davon hängt jetzt bei mir daheim am Klo! Also, Sie sehen, bei mir macht die Kultur auch vor dem Klo nicht halt! Weil, ich sag immer, das Leben ist ein Gesamtkunstwerk, und da spielt alles herein … auch die Musik zum Beispiel! Ja, ich bin ein großer Musikfreund. Ich kann auch gute Musik von schlechter Musik unterscheiden, ich habe im Lauf der Jahre einen geschulten Geschmack entwickelt. Als Teenager hatte ich keine Ahnung. Da war ich ein Fan von den Fidelen Hintermugler Herzbuam. Ich steh dazu, das war so. Aber diese Zeit ist vorbei, heute geh ich nicht mehr auf Konzerte von denen, weil heute bin ich ein Riesen-Fan von den Original Gamsbart-Schnalzern! Da sehen Sie, wie ich mich weiterentwickelt habe! Man hat irgendwann seine eigene Meinung und muss nicht mehr alles toll finden. Denn ein Schwanensee ist ja letzten Endes auch nur ein Vogeltanz! Ich bin ja auch der Meinung, dass dieser Mozart komplett überschätzt wird. Also, diese „Götterdämmerung" ist doch ein Schmarrn! Da kann man ja nicht mal schunkeln dazu! Da kommt dieser Salzburger Schokoladenfabrikant nie heran an die Gamsbart-Schnalzer! Und als ich vorigen Monat einmal was wirklich Erhabenes wollte, da war ich auf einem Konzert von diesem, wie heißt er doch gleich … Emino Frozzi! Ja, das war was fürs Herz! Da kann kein Mozart mithalten! Oder denken Sie an David Haseldoof! Ich war damals dabei in der Stadthalle! Ich sag Ihnen, die Halle hat gebebt! Das sind eben die Amerikaner, die haben eine ganz anderen Zugang zur Musik als wir Europäer! Das gilt übrigens auch für die Filme, vor allem für die Klassiker. Ja, die haben früher auch schon gute Filme gemacht, obwohl es noch keinen Bruce Willis gegeben hat, und keinen Arnold Schwarzenegger! Ich möchte Ihnen zum Schluss noch einen Filmtipp geben, ich hab es mir extra aufgeschrieben, der wird übermorgen gesendet, ein italienischer Klassiker aus den Sechzigerjahren … wo hab ich den Zettel … ah, hier, da haben wir's ja: „Herkules und die Rache der Mongolenkönigin!" Wenn es Ihnen irgendwie möglich ist, das sollten Sie sich unbedingt anschauen, da kann ein Kulturmensch wirklich nicht dran vorbei!

Besinnlichkeit

Sind Sie auch schon so besinnlich? Jetzt steht wieder Weihnachten vor der Tür, und was mich angeht, ich bin schon komplett besinnlich, von Kopf bis Fuß. Diese Besinnlichkeit überkommt mich immer so, da kann ich gar nichts dagegen machen. Da zünd ich mir ein Kerzerl an, dann mach ich mir ein Bierchen auf, und schon geht's los, mit der Besinnlichkeit! So ein Kerzerl ist doch was Schönes, wenn … ja, wenn nur die Leute nicht wären! Die Leute brauch ich nicht in meiner Besinnlichkeit! Schauen Sie, da draußen geht gerade meine Nachbarin vorbei, die Svoboda, mit ihrem Hundsviech. Das scheißt jetzt wieder da unten hin! Immer dasselbe! Aber nicht mehr lang, weil das Strychnin hab ich schon eingelagert, und demnächst streu ich's aus! Ich weiß schon, was Sie jetzt sagen werden: Das ist doch ein Rattengift, das kann man doch nicht für Hunde nehmen! Aber ich sag nur: Schauen wir mal, dann sehen wir schon! Vielleicht wirkt das Strychnin nicht bei einem Bernhardiner, aber für den Dackel von der alten Svoboda wird's schon reichen! Und überhaupt – diese Pensionisten! Rennen den ganzen Tag ziellos hin und her, weil sie nichts zu tun haben, dann tun sie die Tauben füttern, wo doch jeder weiß, dass die nur Krankheiten übertragen, und das Taubenfutter zahlen Sie dann von unserem Steuergeld! Also von meinem natürlich nicht, weil ich bin ja schon seit zwanzig Jahren arbeitslos. Das fehlt mir noch, dass ich was arbeite, ich hab mein Bierchen, das genügt mir völlig! Und dafür brauch ich auch die Leute nicht! Schauen Sie, jetzt ist es zwei Uhr, jetzt ist die Schule aus, und da rennen wieder diese kleinen Bälger vorbei! Aus denen wird doch sowieso nichts! Alle reden von der Bildungsreform, dann machen Sie diesen Test, Sie wissen schon, mit dem schiefen Turm, und was ist das Ergebnis? Dass sie alle Trotteln sind! Dafür braucht man einen Test? Die waren schon Idioten, wie ich selber noch in die Schule gegangen bin! Und erst die Studenten! Unter mir wohnt eine junge Dame, die studiert Kunst. Und sowas will die ihr Leben lang betreiben? Dabei könnte sie sich doch nützlich machen – Wohnung putzen, Kinder kriegen … Wir sterben sonst noch aus, sind ja eh überall nur noch Ausländer! Nein, die Leute, ich verstehe sie einfach nicht … Und ich brauch sie alle nicht, die Pensionisten, die Hunde, die Kinder, die Lehrer, die Studenten, die Ausländer, die Künstler … Von denen lass ich mir meine Besinnlichkeit sicher nicht kaputt machen! Prost!

Der Schnäppchen-Jäger

Gehören Sie auch zu diesen Schnäppchenjägern? Nicht? Also ich schon! Ich sag Ihnen, ich komme da mitunter in einen regelrechten Rausch! Aber warum auch nicht? Wir haben doch die Wirtschaftskrise, und irgendwer muss schließlich konsumieren. Da opfere ich mich eben! Außerdem kann man nie wissen, wie lange die Regale noch voll sind! Wenn morgen die Wirtschaft kollabiert, nach der nächsten Pandemie, dann kann man froh sein, wenn man sich ein bisschen was eingelagert hat. Deswegen kauf ich auch alles doppelt, manches sogar dreifach! Wenn es irgendwo Rabatte gibt, da setz ich mich mit meinem Schlafsack schon um fünf Uhr morgens hin, und wenn die dann aufsperren, bin ich schon drin! Da fließt dann schon mal Blut im Discounter, wenn man sich den Weg zum Wühltisch freiprügelt, aber von nichts kommt nichts! Zum Glück gibt es bei den Dingen des täglichen Bedarfs sowieso ständig irgendwo Rabatte. Deswegen nehm ich da auch immer was mit – Batterien, Kaffeemaschinen, Büroartikel, Kugelschreiber mit, aber auch ohne Minen, Wollsocken, Unterhosen-Multipacks, Sandalen, Türstopper, Nackenkissen … hab ich alles, und zwar mehrfach! Sogar Aschenbecher hab ich sieben oder acht, dabei bin ich ja an und für sich Nichtraucher, aber falls ich einmal mit dem Rauchen anfangen sollte, dann weiß ich: Um einen Aschenbecher muss ich mich nicht mehr kümmern, den hab ich! Das ist wirklich ein sehr beruhigendes Gefühl, das können Sie mir glauben! Und überhaupt, dieses Glücksgefühl beim Ausschwärmen und Einsammeln, das ist unbeschreiblich, und ich behaupte, das ist das Neandertaler-Gen! Ja, ganz sicher! Der Neandertaler, der war ja ein Jäger, und der war von früh bis spät auf der Jagd nach Mammuts und Säbelzahntigern. Und das steckt noch in uns! Nun sind natürlich die Mammuts und die Säbelzahntiger heute ausgestorben, zum Glück, das wär ja sonst auch eine Zumutung, aber was mach ich jetzt mit diesem Jagdinstinkt? Und so kommt das eben, dass ich keine Säbelzahntiger einsammle, sondern DVD-Player und Mikrowellenherde, das ist dasselbe Prinzip, aber mit dem Vorteil, dass so ein DVD-Player ja bei weitem nicht so angriffslustig ist wie ein Säbelzahntiger. So gesehen haben wir es ja bedeutend leichter als unsere Vorfahren. Dafür hat man heutzutage andere Probleme: Mit dem Geld wird's natürlich langsam knapp, und das ist das Absurde, dass sie dir diese ganzen Rabatte anbieten, und dann bist du erst recht pleite! Da stimmt doch was nicht mit diesem System! Aber was soll's, muss ich eben schauen, wo es noch einmal billiger ist! Bei der Gelegenheit fällt mir ein, ich muss jetzt sowieso los, weil in einer Stunde beginnt diese Aktion in diesem Geschäft, wo sie diese Dinger verkaufen, Sie wissen schon, die man braucht zum … was auch immer, aber sie lassen fünfzig Prozent nach! Fünfzig Prozent! So billig krieg ich das nie wieder! Ich muss dort hin, bevor diese asozialen Schmarotzer wieder alles ausräumen, diese Geisteskranken, die den Hals einfach nicht voll kriegen! Denen werd ich das Handwerk legen!

Vernetzt

Wissen Sie, was ich denke? Das wissen Sie nicht? Also, dass Sie das nicht wissen, könnte bedeuten, dass Sie nicht ausreichend vernetzt sind! Sonst hätte ich Sie längst geaddet, und Sie wüssten, was ich immer sage und poste, nämlich: Wer nicht postet, addet, googelt, chattet, twittert und facebookt, der lebt nicht! Jedenfalls nicht virtuell, und das ist doch das entscheidende! Also ich muss immer vernetzt sein, ich kann gar nicht anders, ich krieg Panikattacken, wenn ich nicht weiß, was meine friends gerade machen, und wo sie gerade sind. Ich lass ja umgekehrt auch jeden wissen, wo ich bin und was ich tu! Ja, da bin ich nicht so, die Leute dürfen alles von mir wissen, ich hab nichts zu verbergen. Ich hab auch alle Geräte daheim, die mit „i" anfangen, und das doppelt, weil dann kann ich mich mit mir selbst vernetzen, und das ist überhaupt der wahre Sinn des Lebens! Nur eines ist blöd, das ist dieser Leerlauf in der Nacht, weil irgendwann muss man halt schlafen. Aber der Tag wird kommen, da gibt es dann diese Elektroden, die man sich in die Ohren schiebt, bis ins Gehirn, das macht man vor dem Einschlafen, und dann kann ich auch im Traum posten und adden. Dann hab ich die totale Kontrolle, dann bin ich komplett vernetzt, Tag und Nacht, ich werde Teil des virtuellen Systems, das muss man sein, weil es gibt sowieso kein Entkommen, egal wo du dich versteckst, das Netz findet dich – the network is watching you! Ich sag Ihnen, wir gehen herrlichen Zeiten entgegen!

Teil 3: Geschichten aus Elrin (Fantastisches)

Südwärts

Ewill blickte nach oben in die Baumkronen. Grün fiel das Sonnenlicht durch das dichte Laubdach. Der schmale Waldweg lag schon in tiefen Schatten. Bald würde die Dämmerung einsetzen, und eine weitere Nacht im unermeßlichen Wald Tyrfing stand bevor. Seit der junge Magierlehrling Ewill und sein Meister, der alte Yoro, den Wald vor zwei Tagen betreten hatten, war Ewills Unruhe ständig gewachsen. In anderen Zeiten, unter anderen Umständen, hätte er den Ritt durch den sommerlichen Wald genossen. Doch nichts war mehr wie früher, seit sie wußten, dass die Horden des Dämonenfürsten Niffgrim einen Angriff auf die Länder ihres Heimat-Kontinents Elrin planten. Nur deshalb durchquerten Ewill und Meister Yoro jetzt überhaupt diesen urtümlichen Wald, denn es war der schnellste Weg nach Süden, zur Küste und zur mächtigen Hafenstadt Helioporta. Von dort wollten sie zur heiligen Insel Aydon segeln, um von den Gelehrten und Priesterinnen der Insel Hilfe zu erbitten – falls es dafür nicht längst zu spät war. Möglicherweise streiften die Dämonen bereits im Tyrfing umher. Bis jetzt war Ewill und Yoro zwar noch nichts Ungewöhnliches begegnet, die Pferde zeigten keine Unruhe, und auch der magische Druna-Stein, den Ewill als Amulett um den Hals trug, hatte sich nicht geregt, um ihn vor Gefahr zu warnen. Doch Ewill rechnete damit, dass sich dies jeden Moment ändern konnte.

Yoro hatte bestimmt, dass sie die alte Überlandstraße, die durch den Tyrfing nach Süden führte, meiden sollten. Sie ritten nur noch über schmale Waldwege, die der alte Magier von früheren Reisen kannte. Nachts hielten sie abwechselnd Wache im Nachtlager, das Yoro stets mit einem magischen Schutzkreis umgab.

Nun neigte sich der dritte Tag im Tyrfing dem Abend zu. Es wurde dunkler und dunkler, und Yoro, der still vor Ewill herritt, begann langsam, sich in eine graue Silhouette zu verwandeln. Im Geäst über ihnen knackte und raschelte es. In der Ferne ließ der erste Nachtvogel einen klagenden Ruf erklingen. Ewill lief ein kalter Schauer über den Rücken. Ob es wirklich nur ein Vogel war, der da schrie? Plötzlich fielen ihm sämtliche Schauergeschichten wieder ein, die er je über den Tyrfing gehört hatte. In diesem Wald war alles möglich, vor allem in Zeiten wie diesen ... Vielleicht lauerte das Unheil schon hinter dem nächsten Baum ... Der Mond war aufgegangen und warf sein bleiches Licht durch die Zweige. Mondgöttin, dachte Ewill, beschütze uns!

„Hier schlagen wir unser Nachtlager auf!", ließ sich Yoro plötzlich vernehmen und riß Ewill aus seinen Gedanken. Sosehr ihn der kauzige Magier auch immer wieder mit seiner Geheimniskrämerei und oft schroffen Art irritieren mochte – er war froh, dass Yoro bei ihm war und fand es tröstlich, seine Stimme zu hören.

Jemand rüttelte Ewill an der Schulter. Er wachte auf. Schlaftrunken blickte er in Yoros bärtiges Gesicht, das im Mondlicht fremd und voller Schatten war. „Ewill!", sagte der Magier, „Es ist soweit! Du bist dran mit der Nachtwache! Ich habe dich ohnehin länger schlafen lassen, aber jetzt sollte ich mich doch für ein paar Stunden ausruhen."

„Natürlich, Meister Yoro!" Schnell rappelte er sich auf. Die Situation war ihm peinlich. Er wollte keine Sonderbehandlung.

Schon bald hörte er die leisen Schnarchgeräusche des Magiers. Das Lagerfeuer hatte Yoro bis auf eine schwache Glut gelöscht, um keine Aufmerksamkeit zu erregen. Von den Pferden kam kein Laut. Ewill hockte in der Mitte der kleinen Lichtung, die ihr Rastplatz war und blickte in den Wald hinaus. Der Mond war schon dabei, hinter den Bäumen zu verschwinden, und bald würde es völlig dunkel sein. Etwas kitzelte ihn am Arm. Er schüttelte sich, und das Kitzeln verschwand. Er war immer noch so müde! Er kämpfte gegen den Impuls, wieder einzuschlafen. Schließlich erhob er sich, und ging ein wenig auf und ab, wobei er sich bemühte, sich so lautlos wie möglich zu bewegen.

Nach kurzer Zeit blieb Ewill abrupt stehen. Etwas hatte sich verändert. Er brauchte einen Moment, um zu erkennen, was es eigentlich war, das nicht stimmte. Doch dann war er es ihm klar: Es war zu hell! Er blickte nach unten. Weiß schimmernder Nebel, der auf merkwürdige Weise zu leuchten schien, hatte sich über den Boden geschoben. Verwirrt blickte er auf seine Füße und sah, dass der seltsame Nebel sie bereits völlig umhüllte. Instinktiv trat er einige Schritte zurück, was ihm sofort als sinnlos erschien, denn der Nebel war inzwischen überall. Hinter sich hörte Ewill die Pferde unruhig schnauben. Plötzlich spürte er etwas Merkwürdiges an seiner Brust. Warum wurde es auf einmal so warm? Im selben Moment dachte er, sein Herz würde vor Schreck aussetzen. Der Druna! Es schien, als würde das magische Amulett zu pulsieren beginnen. Der Stein spürte eine tödliche Gefahr! Kalte Angst packte Ewill. Er fuhr herum, um Yoro zu wecken und erschrak fast zu Tode, als der Magier plötzlich direkt vor ihm stand.

„Keinen Laut!", zischte Yoro. „Sie sind noch ein gutes Stück entfernt, aber sie kommen näher!"

„W-w-wer?" stieß Ewill hervor. Er hatte das Gefühl, als würde ihm jemand den Boden unter den Füßen wegziehen.

„Ich weiß es noch nicht, aber ich spüre nichts Gutes. Wir müssen weg von der Lichtung. Sie kommen von Westen. In nördlicher Richtung scheint mir der Wald sicher. Rasch!"

Yoro löschte die Glut und wollte sein Pferd am Zügel führen, doch das Tier schlug plötzlich aus. Yoro fuhr zurück. „Ruhig!", sagte er beschwichtigend. Auch Ewills Pferd begann nervös hin und her zu tänzeln. Was würde geschehen, wenn die Tiere zu wiehern begännen?, dachte Ewill entsetzt. Man würde es bestimmt im halben Wald hören!

Doch so weit kam es nicht. Beide Pferde machten mit einem Mal schnaubend einen Satz und rannten dann in wildem Galopp davon. Keuchend vor Schreck standen Ewill und der alte Magier auf der Lichtung, während ihre Pferde mitsamt den Satteltaschen in dem unheimlichen Nebel-Zwielicht verschwanden.

Noch bevor Ewill sich aus seiner Erstarrung lösen konnte, zog Yoro ihn schon wortlos hinter sich her, fort von der Lichtung und dem Waldweg, der sie hergeführt hatte. Zu ihren Füßen floß der gespenstische silbrige Nebel dahin. Nach einigen Minuten, in denen Ewill jede Orientierung verloren hatte, machte Yoro halt.

„Horch!", sagte er.

Und nun hörte es auch Ewill: In der Ferne hinter ihnen erklang ein Klirren und Scheppern, wie von eisernen Rüstungen. Stampfende und schabende Geräusche ertönten, als würden hunderte Füße über den Waldboden schlurfen. Jetzt sah man auch vereinzelte Lichtpunkte zwischen den Bäumen vorüberziehen. Knurrende Laute drangen zu ihnen.

„Was geht hier vor?", flüsterte Ewill voller Angst.

„Es sind Dämonenkrieger", zischte Yoro, „Die meisten sind zu Fuß, doch einige reiten anscheinend auf Lindwürmern. Kein allzu großer Trupp. Wahrscheinlich eine Vorhut."

Ewill ergriff ihn am Arm. „Eine Vorhut sagt ihr? Eine Vorhut wovon? Etwa von Niffgrims Armee?"

„Das müssen wir wohl annehmen", erwiderte der Magier. „Offenbar hat es begonnen."

„Begonnen?", keuchte Ewill, „Wovon sprecht ihr?"

„Vom Krieg, Junge. Der finstere Niffgrim schickt seine ersten Truppen nach Nordosten."

„Nach Nordosten sagt Ihr?" Ewill wurde schlagartig klar, was das bedeutete. „Aber dort liegt unsere Heimat Kyrinsland!" Er mußte sich beherrschen, um Yoro nicht anzuschreien. „Wir müssen den König warnen!"

„Und wie stellst du dir das vor?" Yoro klang bitter. „Wir haben keine Pferde mehr und würden niemals rechtzeitig ankommen. Doch glaube mir, König Raon bereitet sein Land seit Wochen auf diese Auseinandersetzung vor. Wir helfen ihm nicht, wenn wir jetzt kehrtmachen. Wir müssen weiter nach Aydon. Nur die Gelehrten dort können unsere Welt retten."

Ewill nickte stumm. Yoro hatte natürlich recht. Aber wie sollten sie jetzt überhaupt ihre Reise fortsetzen? Sie befanden sich mitten in der Wildnis, ihre Pferde mitsamt den Satteltaschen waren fort, und sie besaßen nur noch, was sie am Leibe trugen.

„Die Geräusche entfernen sich", sagte Yoro, „Die Dämonen haben uns nicht bemerkt. Laß uns noch ein Stück weitergehen. Vielleicht können wir dann etwas Schlaf nachholen."

Sie stolperten durch die Dunkelheit. Ewill stellte fest, dass der Druna immer noch warm war, und es gefiel ihm nicht. Hatte Yoro womöglich etwas übersehen? Unfug, dachte er und versuchte, sich zu beruhigen. Jetzt sind wir in Sicherheit! Es zogen allerdings immer noch Fetzen des geisterhaften Nebels über den Boden. Wahrscheinlich ist es das, was der Druna spürt, dachte Ewill.

In diesem Moment legte sich eine würgende Hand um seinen Hals. Ewill hatte nicht einmal mehr die Möglichkeit zu schreien und wurde hart zu Boden gerissen. Jemand oder etwas kletterte über ihn. In Todesangst riß er die Augen auf. Im fahlen Licht des Geisternebels erkannte er eine dürre Gestalt in einem Kapuzenmantel. Ewill konnte kein Gesicht ausmachen, doch ihm war, als habe er für einen Moment ein Paar rot glühender Augen in der Kapuze gesehen. Ein heiseres Zischen ertönte, wie ein bösartiges Lachen. Die würgende Hand ließ nicht von ihm ab. Er bekam keine Luft mehr, und bunte Flecken wirbelten vor seinen Augen.

Plötzlich wurde die Albtraumgestalt, die auf Ewill kauerte, zur Seite geschleudert, und Yoro stand über ihm. Der Magier packte ihn am Arm und zog ihn hoch. Um Ewill drehte sich alles.

„Es ist nur einer!", keuchte Yoro, „Ein Kundschafter! Mit dem werden wir schon fertig!"

Der Dämon kam wieder auf die Beine und stürzte sich mit einem schrillen Schrei auf Yoro. Der Magier wollte nach seinem Schwert greifen, doch das Monster hielt ihn in einem unerbittlichen Klammergriff. Ewill tastete nach seinem eigenen Schwert, aber dann kam ihm eine bessere Idee. Er holte den Druna hervor und berührte damit die dämonische Gestalt. Augenblicklich ließ das Wesen von Yoro ab und stieß ein entsetztes Zischen aus. Der Magier zog sein Schwert.

Irgendwo in der Dunkelheit hinter ihnen erklang plötzlich eine Stimme. „Schwerter sind hier nutzlos. Nur Feuer kann sie töten."

Jemand lief an Ewill und Yoro vorbei, auf den Dämon zu. Eine Fackel wurde geschwungen, und die Kutte des Wesens ging in Flammen auf. Sofort brannte der Dämon lichterloh. Unter grauenhaftem Kreischen löste er sich in einen Funkenregen auf und war gleich darauf verschwunden.

In die plötzliche Stille hinein sprach erneut die fremde Stimme: „Ein Druna ist auch keine schlechte Waffe, aber mit Feuer geht es schneller."

Im Licht der Fackel erkannten Ewill und Yoro ein schmales Gesicht. Ein Mann, etwa halb so groß wie sie selbst und ganz in Leder gekleidet, stand vor ihnen.

„Ein … Ein Zwerg!", stieß Ewill hervor.

„Ein Zwerg soll ich sein?", erwiderte der Fremde und lächelte. „Zwerge gibt es nur in Kindermärchen." Er deutete eine leichte Verbeugung an. „Albo vom Volk der Nahirin, oberster Jäger Ihrer Hoheit, der Dura Carsana, entbietet euch seinen Gruß!"

Ewill und Yoro holten einige Stunden Schlaf nach, während der Nahirin über sie wachte. Als Ewill die Augen aufschlug und mühsam auf die Beine kam, sah er im Licht der Morgensonne Yoro und Albo beisammenstehen und ein angeregtes Gespräch führen. Der kleine Mann hob den Arm und zeigte nach Nordwesten. Ewill gesellte sich zu ihnen.

„Der tapfere junge Kämpfer!", begrüßte Albo ihn freundlich und streckte ihm ein Stück Brot entgegen. Ewill probierte einen Bissen. Es schmeckte herrlich würzig.

„Du hast dich heute Nacht gut geschlagen!", lobte ihn Yoro, „Ohne dich wäre ich vielleicht nicht mehr am Leben."

„Ohne Albo wären wir aber wahrscheinlich jetzt beide tot." beschwichtigte Ewill. Er ertappte sich dabei, dass er den Jäger anstarrte. Ein Nahirin! Es gab das sagenhafte Waldvolk also tatsächlich!

„Ich war eben dabei, Meister Yoro von meiner Mission zu erzählen." erklärte Albo. „Meine Herrin, die ehrwürdige Carsana, hatte euer Kommen in einer Vision vorhergesehen und mich beauftragt, euch aufzuspüren und sicher durch den Tyrfing zu geleiten. Einen Tag und eine Nacht streifte ich umher, ehe ich euch fand – und gerade rechtzeitig, wie mir scheinen will."

„Ist Carsana die Königin der Nahirin?", wollte Ewill wissen.

„Sie ist unsere Dura, unser gewähltes Oberhaupt", erwiderte der Jäger.

„Albo wird uns auf sicheren Pfaden durch den Wald führen", sagte Yoro. „Wir werden Wege benutzen, die auch ich nie zuvor gegangen bin. Auf ihnen werden wir für den Rest unserer Reise durch den Tyrfing nicht mehr in Gefahr sein und sicher zur Küste gelangen. Wir werden auch schneller vorankommen, was angesichts des Verlustes unserer Pferde dringend nötig ist."

Ewill atmete tief durch. Ein beruhigendes Gefühl durchströmte ihn mit einem Mal, das Gefühl, dass doch nicht alles hoffnungslos war.

Sie marschierten den ganzen Tag hindurch und machten nur mittags eine kurze Rast. Gegen Abend stiegen sie in einen Talkessel hinab, und Ewill riß vor Staunen Mund und Augen auf. Vor ihnen lag, fast gänzlich von Bäumen, Wurzelwerk und Gebüsch verschluckt, eine Ruinenstadt. Uralte Gemäuer, Terrassen und Türme erstreckten sich durch das gesamte Tal. Einst mochte dies eine geschäftige Stadt gewesen sein, doch nun lag alles verlassen. Die Natur hatte von den alten Plätzen, Tempeln und Wohnhäusern Besitz ergriffen, und außer dem Zwitschern der Vögel war kein Laut zu vernehmen. Ewill, Yoro und Albo gingen schweigend durch eine Allee zerbrochener Säulen, die von grünem Moos bedeckt waren.

„Wie alt ist diese Stadt?", fragte Yoro mit belegter Stimme. Er war sichtlich beeindruckt, und Ewill war insgeheim fast erleichtert, dass es doch noch Dinge gab, die den alten Magier überraschen konnten.

„Es heißt, dass die Stadt schon verlassen war, als die ersten Siedler aus Altan nach Elrin kamen", sagte Albo. „Wir wissen nicht, wer sie erbaut hat oder warum ihre Bewohner sie aufgaben, doch wir glauben, dass dieses Volk den Mond verehrte, denn man kann sein Symbol überall an den Tempelmauern sehen. Deshalb nennen die Nahirin diesen Ort in ihrer Sprache Selen'ara – die Mondstadt. Es ist ein heiliger Ort, und nichts Böses wird ihn betreten."

Als es dunkel wurde, entfachten sie auf der Terrasse eines eingestürzten Tempels ein Lagerfeuer und aßen sich an fremdartigen, herrlich süßen Früchten satt, die Albo in der Nähe gepflückt hatte. Ewill legte sich auf den Rücken und blickte zum Nachthimmel empor. Der Mond goss sein silbernes Licht über Selen'ara, und alles was Ewill hörte, war das Zirpen der Heuschrecken, das Knistern des Feuers und die gedämpften Stimmen von Yoro und Albo, die sich in der Dunkelheit unterhielten. Doch unmittelbar bevor ihn der Schlaf übermannte, schien es ihm, dass der Nachtwind rätselhafte Worte aus den geborstenen Mauern der Stadt an sein Ohr trug, leise geflüstert in der fremden Sprache einer versunkenen Zeit. Es war, als enthielten sie eigentümlichen Trost und das Versprechen, dass letzten Endes doch noch alles gut werden sollte.

Die ferne Stimme

Der Name des alten Magiers war Falke. So jedenfalls nannten sie ihn schon seit vielen Jahren, denn es hieß, er habe einen scharfen Blick und könne hinter die Oberfläche von Menschen und Ereignissen sehen. Kaum jemand kannte den Namen, den er in seiner Jugend getragen hatte. Er lebte auf Aydon, der heiligen Insel, wo er unter all den Priesterinnen und Priestern der einzige seiner Zunft war. Freilich hatte er sich erst hier niedergelassen, als er älter wurde, denn in jungen Jahren war er weit herumgekommen. Es hieß, er sei einst der mächtigste aller Magier gewesen. Die Bewohner des Kontinents Elrin besangen noch immer seine Taten in ihren Liedern. Nun, da er alt war, beschränkte sich sein Wirken auf den Bereich der Insel.

Es war später Nachmittag, als er durch die Hügel nahe der Küste ging. Er hatte einer Bäuerin bei einer schweren Geburt beigestanden und dem Kind mit sanften Worten den Weg gewiesen. Nun freute er sich auf zuhause. Da hörte er die Stimme. Es war ihm, als würde der Wind sie aus weiter Ferne mit sich tragen. „Drei werden kommen", flüsterte sie. „Drei suchen etwas, das nur du ihnen geben kannst."

Beim Abendessen erzählte der alte Magier seiner Frau von den rätselhaften Worten, die er in den Hügeln vernommen hatte. Als sie ihm antwortete, nannte sie ihn bei seinem Geburtsnamen, denn sie kannte Falke schon, seit er noch sehr jung gewesen war und es noch keine Lieder über ihn gegeben hatte.

„Ewill", sagte sie, „warte einfach ab. Du wirst den Sinn der Worte verstehen, wenn der Moment gekommen ist."

Er nickte, und wußte, dass sie wohl recht hatte, denn Rhea, die Oberpriesterin von Aydon, war klug und vorausschauend, und er hatte schon vor langer Zeit gelernt, ihrem Urteil zu vertrauen – damals schon, als er ihr als Junge zum ersten Mal begegnet war. Nachdem sein Studium auf Aydon abgeschlossen gewesen war, waren jene Jahre gefolgt, in denen er mit Rhea durch die Welt gezogen und aus Ewill der Falke geworden war. Als Rhea nach dem Tod ihres Vaters Oberpriesterin geworden war, hatte sich Falke mit ihr in dem alten Priesterhaus auf Aydon niedergelassen, wo seine Frau aufgewachsen war.

Nun waren er und Rhea alt, doch sie waren zufrieden und brauchten nicht viel dafür.

Der Magier verbrachte die nächsten Tage in gespannter Erwartung. Nach einer Woche schließlich legte ein Schiff aus Elrin im Hafen an, dem drei Männer entstiegen, die Meister Falke zu sprechen wünschten. Man führte sie zu dem alten Mann, der vor dem Haus saß und sie einlud, einen Becher Wein mit ihm zu trinken.

Der älteste der Besucher ergriff das Wort. „Mein Name ist Urgal." sagte er. „Und dies sind Jorn und Tyros. Wir kommen von der Akademie der Magier. Seit unser Großmeister vor drei Monaten von uns ging, können wir Magier uns nicht einigen, wer uns vorstehen soll. Jorn, Tyros und ich sind die mächtigsten Magier Elrins, doch wir wissen nicht, ob einer von uns zum Großmeister berufen ist."

Falke blickte die drei Männer besorgt an. „Haben euch die Götter kein Zeichen gesandt?", wollte er wissen.

„Wir empfingen einige wenige Worte", sagte Jorn. „Wir sollten euch aufsuchen. Daher glauben wir, dass Ihr derjenige seid."

Falke lächelte und schüttelte den Kopf. „Ihr ehrt mich", sagte er. „Doch ich bin alt und habe einen großen Teil meiner Macht eingebüßt. Ich wäre euch ein armseliger Meister. Es würde mir auch nicht behagen, auf meine alten Tage diese Insel und meine Familie verlassen zu müssen."

Tyros nickte. „Das hatte ich vermutet. Doch vielleicht ist es nicht eure Person, sondern eure Entscheidung, die wir benötigen."

Falke konnte auch daran nicht wirklich glauben, doch er ließ die drei Magier von ihren Fähigkeiten erzählen. Urgal hatte sich Ruhm erworben, weil es ihm durch einen Regenzauber gelungen war, seine Heimat Cardin vor einer Dürre zu bewahren. Tyros, in Helioporta geboren, hatte seine Stadt vor einer Sturmflut gerettet. Dem Nordmann Jorn schließlich war es geglückt, einer Feuersbrunst in einer Fjord-Siedlung Einhalt zu gebieten.

Falke war ratlos. Er erbat sich Bedenkzeit. Als er am Abend mit Rhea, ihrer gemeinsamen Tochter Arane, ihrem Mann Cosd und beider Sohn Elichas beisammensaß, enthüllte Falke ihnen seine Zweifel. „Die Stimme im Wind sagte mir, dass nur ich den drei Besuchern helfen könne, doch ich wüßte nicht wie."

„Vielleicht ist in Wahrheit keiner der drei Magier zum Großmeister berufen", gab Cosd zu bedenken. Falkes Schwiegersohn gehörte nicht zur Priesterkaste. Er besaß einen Hügel mit Obstbäumen und einen Weingarten in der Nähe der Küste.

„Cosd könnte recht haben", sagte Rhea. „Womöglich besteht deine Aufgabe ja darin, den Großmeister erst ausfindig zu machen. Kann es sein, dass es jemand von unseren Leuten ist, jemand aus Aydon?"

„Das wäre möglich", überlegte Falke. „Doch im Moment könnte ich keinen geeigneten Namen nennen."

Zwei Tage verstrichen. Als Falke am dritten Tag mit Rhea vor dem Haus beim Mittagessen saß, hörten der Magier und seine Frau plötzlich ein Grollen. Das Geräusch nahm stetig zu, und sie spürten, wie alles rund um sie zu zittern begann.

„Ein Erdbeben!", stieß Falke hervor. Dachziegel fielen von den Häusern. In der Tempelsiedlung brach Panik aus.

Auf einmal stand Elichas neben Falke und seiner Frau. Ihr Enkelsohn hatte die Augen geschlossen und die Arme erhoben. Falke spürte plötzlich, wie das Beben nachließ. Nach wenigen Augenblicken hatte sein Enkelsohn die dröhnende Erde besänftigt. Elichas ließ die Arme sinken und öffnete die Augen.

„Was ist passiert?", fragte der Junge unsicher. „Was habe ich getan?"

„Du hast uns alle gerettet." Falke starrte Elichas an. Er hatte schon bei der Geburt des Jungen gespürt, dass sein Enkel Macht in sich trug, aber nicht, dass sie so stark war. Nun hatten die Götter ein mächtiges Zeichen gesandt. Da überkam ihn die Erkenntnis. Falke versammelte seine Familie um sich.

„Die Macht des Jungen ist jener von Urgal, Jorn und Tyros ebenbürtig", sagte er. „Ich weiß jetzt, was meine Aufgabe war: Ich sollte nicht den einen Großmeister finden, sondern jenen Magier, der die Fähigkeiten der drei anderen ergänzen würde. Gemeinsam mit Elichas sollen sie in den vier Elementen wirken. Gemeinsam werden sie Großmeister sein."

„Mein Junge ein Großmeister?", Arane war verblüfft.

„Ich würde gern nach Elrin gehen!", verkündete Elichas. „Aber ich weiß noch nicht viel über meine Begabung."

„Bei mir war es ähnlich, als ich in deinem Alter war", sagte Falke lächelnd. „Du wirst Zeit haben, zu lernen und in deine Aufgabe hineinzuwachsen."

Rhea betrachtete ihren Enkelsohn nachdenklich. In jenem Sommer, in dem sie Ewill kennengelernt hatte, waren sie beide nicht älter gewesen als Elichas heute. Es war so lange her, doch für einen Moment hatte sie das Gefühl, als sei es erst gestern gewesen. Sie seufzte und blickte ihren Mann an. Falke erwiderte den Blick, und sie wußte, dass er dasselbe dachte.

So kam es, dass die drei Magier Elichas mit sich nahmen. Viele Jahre später würde er unter allen Magiern der größte werden, und man würde ihn als jenen Mann kennen, der sogar mit der Erdmutter selbst sprechen konnte. Doch das sind andere Geschichten, aus anderen Zeiten.

Der dunkle Cherub

Drohend brauste der Wind über die Hügel und die Wälder, und gleichsam als Vorbote des Unwetters, das kommen würde, fuhr er durch die Äste der Bäume und trieb Blätter und schwere Wolken vor sich her. Merklich kühler war es geworden; die Täler und Berge des nördlichen Kyrinsland hatten ihr leuchtendes Grün gegen violette Schatten vertauscht. In der Stadt Raldeburg pflügte der Sturm durch die Straßen und Arkaden und um die alten, ehrwürdigen Hügel der höchsten Heiligtümer von Mond und Sonne. In den Dörfern am Fuße des rauen Raldegebirges hielten die Menschen in der Arbeit inne, machten ihre Fensterläden dicht, und bis auf das Brausen des Windes fiel alles in Stille.

Zu dieser Stunde kam denn ein Fremder, ein Wanderer, nach dem Walddörfchen Abia, gehüllt in einen weiten Umhang, den breitkrempigen Hut tief ins Gesicht gezogen, die Rechte fest um den knorrigen Wanderstab geschlossen. Gerne gab ihm der Wirt des Dorfgasthofs Quartier in seinem klobig gemauerten Haus, das, so hieß es in der Gegend, schon seit dreihundert Jahren trutzig an der Straße stand. Fremde war der Wirt gewohnt, in einem Ort, der stets mehr Durchreisende als Einheimische sah, indes erschien ihm der Mann doch allzu seltsam, zumal er sich auch nicht bereitfand, seinen Namen zu nennen.

„Was würde euch ein Name nützen", meinte der Fremde, „in einem Land, das kaum selbst einen Namen hat und Reisenden nie zur Heimat wird? Laßt nur, bald nehme ich wieder meinen Stab und ziehe dahin."

„Aber hütet euch, die Wildnis vor morgen früh zu betreten!", riet der Wirt mit ernster Miene, „ein Unwetter naht und eine Nacht, düsterer als andere. Der dunkle Cherub streift in solchen Nächten durch die Tannichte der Nebelberge!"

„Erzählt mir mehr davon!", bat der Fremde.

„Es heißt, er hause in einem Höhlenlabyrinth hoch in den Bergen und verlasse es nur, um auf die Jagd zu gehen", sagte der Wirt mit gesenkter Stimme. „Manch einer sah ihn schon in seinem wallenden, dunklen Gewand bis an die Dorfgrenze kommen. Zwischen den Bäumen glitt er umher, schal beleuchtet von zuckenden Blitzen. Menschen verschwinden in solchen Nächten, und niemals kehren sie wieder."

Nach einer geraumen Zeit des Schweigens und der Stille, nur unterbrochen von den Geräuschen des Sturms, der an Dach und Fenstern rüttelte, meinte der Fremde schließlich: „Der Cherub wird euch keine Gefahr mehr sein." Dann leerte er seinen Humpen und zog sich in sein Zimmer zurück.

Nachmittag und Abend, erfüllt von den Gewalten des Wetters, vergingen und die Nacht im gelben Mond. Der Morgen brachte Licht und Duft und frisches Grün. Der fremde Wanderer war verschwunden, und auch der dunkle Cherub wurde fortan nie wieder gesehen. Welche Macht jene Nacht entfaltet hatte, welch versöhnliche, tiefe Kraft – niemand erfuhr es je.

Der Wirt freilich erzählte wieder und wieder die Geschichte von dem geheimnisvollen Fremden, an dessen Gesicht er sich erstaunlicherweise nicht mehr erinnern konnte. Es war, als habe eine unsichtbare Hand die Erinnerung aus seinem Gedächtnis fortgewischt. Geblieben war ihm indes die Goldmünze, mit der ihn der Wanderer großzügig bezahlt hatte, und die wohl weit mehr wert war, als der Wirt an Kost und Unterkunft anzubieten vermochte. Sie war mit einer eigenartigen Schrift versehen, und der Wirt zeigte sie jedem, dem er von dem Fremden erzählte. Niemand konnte sich erinnern, eine derartige Münze jemals gesehen zu haben. Der Schwager des Wirts jedoch, ein Töpfer, der schon ein wenig herumgekommen war und seine Ware gelegentlich auf dem Markt in Raldeburg feilbot, drehte das Goldstück eine Zeit lang zwischen den Fingern und meinte dann mit leiser Stimme, es könne sich womöglich um eine jener Münzen handeln, wie man sie im fernen Thormund, der Heimat der Magier, zu prägen pflegte. Der Wirt schwieg dazu, denn er war ein einfacher Mann und verstand nichts von solchen Dingen.

Der Baum der Nahirin

Tief im Herzen des unermeßlichen Waldes Tyrfing, so sagt man, steht ein Baum, anders als alle anderen. Dieser Baum wächst auf einer gut verborgenen Lichtung. Nur die Angehörigen des geheimnisvollen kleinen Waldvolkes, Nahirin genannt, kennen den Weg zu dieser Lichtung, und nur wenige Auserwählte unter den Menschen durften sie je dorthin begleiten. Der Baum, so berichten jene, die den Geschichten der Nahirin an ihren Lagerfeuern lauschten, sei der einzige seiner Gattung auf dieser Welt. Seine ursprüngliche Heimat versank vor Jahrtausenden in den Tiefen des Meeres, und die letzten der Alten brachten ihn als Setzling in das Herz des Waldes, wo das zarte Pflänzchen in all den Jahren zu einem Giganten reifte. Seine Krone erhebt sich über das Blätterdach des Tyrfing, seine Äste scheinen nach der Sonne zu greifen und nachts den Mond und die Sterne zu berühren. Seine Wurzeln reichen hinab zu den tiefsten Mysterien von Mutter Erde. Der Wind in seinen Zweigen singt Lieder aus der Alten Welt, in einer Sprache, die niemand mehr spricht. Nur die erfahrensten Priester der Nahirin dürfen es wagen, seinen Stamm zu berühren, denn die Visionen, die sie dabei empfangen, würden den Geist eines Ungeübten zerstören. Jeden Sommer, in der kürzesten Nacht des Jahres, feiern und tanzen die Nahirin auf der Lichtung, und mancher von ihnen konnte dabei das lächelnde Gesicht einer Frau in der Baumkrone sehen – das Gesicht der Waldgöttin, so sagt man. Solltest du, Wanderer, jemals diese Lichtung erreichen, so wisse, dass du eine Frage frei hast an die Schöpfung. Und wenn du dann jenen Ort wieder verläßt, werden dein Leben und dein Blick auf die Welt nie mehr so sein wie zuvor.

Das Irrlicht

Der Magier Elichas erreichte den Hügelkamm und blickte auf die grünen Weiten des Waldes Tyrfing hinab. Er hatte eine lange Reise hinter sich, die ihn von der Magierakademie in Thormund hoch im Norden, wo er an einer Versammlung hatte teilnehmen müssen, bis ins südliche Kyrinsland geführt hatte. Nun lag der Fluß Dun hinter ihm, und dennoch war es noch ein weiter Weg, durch den Tyrfing, über die Berge und in den Süden, bis er wieder in seiner Heimatstadt Helioporta sein würde. Er war zwar auf der Insel Aydon weit draußen im westlichen Meer geboren worden, doch schon in seiner Jugend hatte ihn sein Weg aus seiner Inselheimat fortgeführt, damit er in der Fremde seiner Berufung folgen konnte. „Erdmagier", so nannte man ihn, denn es hieß, Elichas könne die Worte der Steine verstehen und sogar mit der Erdmutter selbst sprechen. Ob dies tatsächlich so war, darüber hatte der Magier selbst nie etwas preisgegeben, aber man erzählte sich von mancherlei Wundern, die er gewirkt haben sollte, allen voran die Zähmung jenes Erdbebens, das einst die Insel Aydon erschüttert hatte. Doch eigentlich hätte dies niemanden überraschen sollen, denn Elichas war der Enkelsohn des legendären Magiers Falke, der zu seiner Zeit als der größte seiner Zunft gegolten hatte.

Elichas riß seinen Blick von dem faszinierenden Panorama des unermeßlichen Waldes los und marschierte zügig den Hügel hinab. Als es dämmerte, hatte er den Waldrand erreicht, und der Tyrfing umgab ihn wie ein gewaltiger Kokon. Festen Schrittes wanderte er noch eine Stunde zielsicher weiter, denn er kannte den kürzesten Weg durch den Wald. Dennoch war ihm bewußt, dass er nicht leichtsinnig sein durfte. Auch erfahrene Reisende hatten sich schon im Tyrfing verirrt, und es lebten nicht nur freundliche Geschöpfe in ihm.

Wie er es gewohnt war, umgab er seinen nächtlichen Lagerplatz mit einem Schutzzauber und legte sich dann schlafen. Dies wiederholte er an jedem der folgenden vier Abende. Bevor er in jener vierten Nacht einschlief, mußte er daran denken, dass er nun die größte Strecke schon hinter sich gebracht hatte, und er den Tyrfing wohl in spätestens zwei Tagen verlassen würde.

Mitten in der Nacht erwachte er. Was hatte ihn geweckt? Er erhob sich vom Boden. Es war eine dunkle Neumondnacht und bis auf die schwache Glut seines heruntergebrannten Lagerfeuers konnte er in der völligen Dunkelheit nichts erkennen. Zwar fühlte sich Elichas durch seinen Schutzzauber sicher, doch er spürte, dass nicht weit von ihm entfernt etwas in der Dunkelheit wartete und ihn beobachtete. Ein Tier war es mit Sicherheit nicht, davon war er überzeugt, aber was konnte dieses Etwas im Wald sein? Jedenfalls nahm Elichas keine Bedrohung wahr, und das beruhigte ihn sehr. Was auch immer ihn beobachtete, hegte keine feindlichen Absichten.

Er formulierte mit seinen Gedanken einen lautlosen Gruß, um zu überprüfen, ob es sich vielleicht um eine magiebegabte Kreatur handelte, die sich auf Telepathie verstand.

Einen Moment lang geschah nichts. Elichas erhielt keine Antwort. Doch plötzlich bemerkte er ein schwaches Licht, ein leichtes Glimmen in der Dunkelheit. Nach und nach wurde das Leuchten stärker und bewegte sich dabei hin und her. In der zunehmenden Helligkeit wurden auch die Stämme der nächstgelegenen Bäume sichtbar. Elichas sah, dass zwischen den Bäumen etwas auf und ab schwebte, das ganz entfernt an eine kleine menschliche Gestalt erinnerte, doch da diese Gestalt nur aus flackerndem Licht zu bestehen schien und ihre Konturen sich ständig veränderten, konnte Elichas nicht sicher sein, was er wirklich vor sich hatte.

„Sei gegrüßt, Erdmagier!", hörte er plötzlich eine feine Stimme nah an seinem Kopf.

Elichas formulierte im Geist eine Antwort. „Ich grüße dich! Wer bist du?"

„Ein Abgesandter", erwiderte das Irrlicht. „Unser aller Mutter hat dich unter den Sterblichen auserwählt. Du wirst beschenkt werden!"

„Unser aller Mutter?" Elichas war verwirrt. Was konnte …? Einer plötzlichen Eingebung folgend, fragte er das Wesen: „Meinst du damit etwa die Erdmutter?"

Ein Lachen, so hell wie das Summen einer Mücke, antwortete ihm. „Die Erdmutter, ja, so nennt ihr Sterblichen sie wohl."

Das Irrlicht begann höher emporzusteigen, und Elichas hörte in seinem Kopf: „Komm mit mir!"

Unter normalen Umständen hätte der Magier dieser Aufforderung niemals Folge geleistet, denn Irrlichter hatten schon viele Wanderer auf trügerische Pfade gelockt. Doch das, was da vor ihm zwischen den Baumstämmen glühte, war kein gewöhnliches Irrlicht, sondern sehr viel mehr, und Elichas spürte, dass ihn das Geschöpf nicht belog. Wäre dies eine Falle gewesen, er hätte die Bedrohung wahrgenommen.

So hob er seinen Rucksack und den Wanderstab vom Boden auf, trat die Glut des Lagerfeuers aus und machte sich daran, dem irrlichternden Wesen durch den nächtlichen Wald zu folgen. Das Geschöpf flog ihm voraus und wies ihm mit seinem Licht den Weg.

Elichas verspürte keine Furcht, doch eine gespannte Erwartung, die sein Herz schneller schlagen ließ. Er ahnte, dass diese Nacht etwas Besonderes war, und womöglich sein Leben für immer verändern würde. Im Gegensatz zu den Vermutungen seiner Mitmenschen hatte Elichas noch nie die Erdmutter zu sich sprechen hören, doch er hatte oft zu ihr gebetet und gespürt, dass er unter ihrem Schutz stand. Vielleicht würde er heute Nacht endlich einige Antworten bekommen.

Er folgte dem Irrlicht eine geraume Weile durch den dunklen Wald. Schließlich wichen die Bäume zurück, und im flackernden Schein des merkwürdigen Wesens erkannte Elichas, dass er auf einer großen Lichtung stand. Das Irrlicht flog hoch empor, sein Leuchten verstärkte sich, und jetzt sah der Magier den riesigen Baum im Zentrum der Lichtung.

Verwirrt blickte er an dem Giganten empor, dann wurde ihm plötzlich bewußt, wo er sich befand. Der Lebensbaum der Nahirin! Dies mußte jener legendäre heilige Baum sein, den kein Mensch auf eigene Faust finden konnte. Soviel er wußte, war seit seinem Großvater Falke kein sterblicher Mensch mehr hier gewesen, und das war nun über sechzig Jahre her. Er mußte plötzlich an seine alten Großeltern und an seine Familie auf Aydon denken, und für einen Moment überkam ihn schreckliches Heimweh.

Das Irrlicht riß ihn aus seinen Gedanken. „Komm und sieh!"

Das funkelnde Wesen stieß zu den mächtigen Wurzeln des Baumes hinab, und in dem hellen Licht sah Elichas deutlich den Eingang zu einer Höhle, die sich zwischen den knorrigen Wurzeln auftat. Von dieser Grotte hatte sein Großvater nie etwas erzählt, und Elichas spürte, dass der Eingang nur für ihn geöffnet worden war. Das Irrlicht flog voraus und verschwand in dem Schlund, und der Magier folgte ihm staunend in einen Tunnel, der eine Weile nach unten führte und schließlich in einer Art Kammer endete. Die riesigen Wurzeln des Lebensbaumes umgaben die Kammer, die vom Leuchten des Irrlichts erhellt war. Obwohl das Wesen jetzt direkt vor ihm schwebte, konnte er an dem Geschöpf noch immer keine klaren Konturen ausmachen. Das Leuchten war nun so intensiv, dass er die Augen abwenden mußte. Da sah er den Stein. Vor ihm auf dem Boden lag ein matter roter Stein.

„Heb ihn auf!", hörte er die Stimme des Irrlichts an seinem Kopf. „Er gehört dir. Er wird dich schützen und dir dereinst helfen, wenn du in Bedrängnis kommst. Dies ist der Wille der großen Mutter."

Und als habe das Wesen die plötzliche Enttäuschung des Magiers gespürt, fügte es hinzu: „Die große Mutter weiß, dass du viele Fragen hast. Aber das muß noch warten." Das Geschöpf lachte silbern. „Sei froh, dass du ihre Stimme nicht hören mußt! Kein Sterblicher könnte das ertragen, ohne dem Wahnsinn zu verfallen."

Elichas hob den roten Stein vom Boden auf und betrachtete ihn. Ein Druna, ein heiliger Stein! In seiner Kindheit auf Aydon hatte Elichas oft jenen anderen Druna bewundert, den sein Großvater einst aus Elrin mitgebracht hatte, und der seither im Tempel der Mondgöttin aufbewahrt wurde. Falke hatte immer behauptet, der Stein, über dessen wahre Kräfte auch er nie alles erfahren hatte, sei der letzte seiner Art, doch nun war auch Elichas Besitzer eines Druna, eines ebenso mächtigen wie geheimnisvollen Werkzeugs der Magie. Als er in Begleitung des Irrlichts die Kammer verließ, empfand er tiefe Dankbarkeit. Er spürte, dass ihm die Erdmutter ein Geschenk gemacht hatte, das ihn nicht nur beschützen würde, sondern dereinst vielleicht sein eigenes und viele andere Leben retten würde. Erfüllt von Demut kehrte er zurück in den nächtlichen Wald, wo die Schatten tief waren und dunkel.

In die Westsee

Schon seit dem frühen Morgen hatte es heftig geregnet. Über der Insel Aydon ging ein Unwetter nieder, wie man es in diesen Breiten der Westlichen See nur selten erlebte. Der Sturm brauste über die Dächer der Tempelsiedlung hinweg und die Bäume bogen sich im Wind. Schon lange vor der Abenddämmerung war es so dunkel geworden, dass man kaum noch die Tageszeit abschätzen konnte, und jetzt, am späten Abend, prasselte der Regen nach wie vor unvermindert nieder.

Der alte Magier Falke saß mit seiner Frau Rhea und ihrer gemeinsamen Tochter Arane am Eßtisch im Hauptraum des Priesterhauses. Auch Aranes Ehemann Cosd war da und zusammen genossen sie ein einfaches Abendessen aus Früchten und Fladenbrot. Eigentlich hatten Arane und Cosd am Vormittag nur auf einen kurzen Besuch vorbeikommen wollen, doch da das Unwetter immer stärker geworden war, hatte Rhea schließlich verkündet: „Ihr bleibt heute über Nacht bei uns! Bei diesem Sturm lasse ich euch nicht mehr vor die Türe!"

Nun saßen sie schweigend beisammen, während das Brausen des Wetters zu ihnen hereindrang.

Arane seufzte plötzlich. „Wie es wohl meinem Jungen geht?"

Dieser Regen macht schwermütig, dachte Falke. Dass Arane ausgerechnet jetzt an ihren Sohn Elichas denken mußte, der auf dem Kontinent Elrin als Magier lebte! Er entschloss sich, die Stimmung ein wenig aufzulockern.

„Auf Elrin haben sie doch immer gutes Wetter", sagte er. „Und für Magier gibt es immer was zu tun. Die haben keine Zeit, so wie wir hier herumzusitzen!"

Arane lächelte und Cosd ließ ein glucksendes Lachen hören.

Falke klatschte in die Hände. „Wenn ich in meinen jungen Jahren nach Helioporta kam, war es dort immer brütend heiß, und ich war immer so beschäftigt, dass ich schon allein dadurch ins Schwitzen kam! Habe ich euch schon einmal von der großen Magierversammlung erzählt?"

Rhea schnaufte. „Mehr als nur einmal, mein Lieber!" Wenn ihr Mann seine Jugenderinnerungen auskramte, gab es oft spannende Geschichten zu hören, doch mit der großen Versammlung hatte er sie wirklich schon zu oft gelangweilt.

„Aber was ist mit der Heimreise?" Falkes Augen leuchteten. Jetzt war er in seinem Element. „Dass ich die Heimreise nach Aydon fast nicht überlebt hätte – wißt ihr darüber auch Bescheid?"

„Ich erinnere mich, dass du damals einige Tage verspätet nach Hause kamst und mir eine ziemlich aberwitzige Ausrede aufgetischt hast!", meinte Rhea grinsend.

„Diese Ausrede möchte ich jetzt doch gerne hören", sagte Arane.

„Keine Ausrede, mein Kind", sagte Falke und warf Rhea einen tadelnden Blick zu. „Es hat sich alles so zugetragen, wie ich es euch gleich berichten werde."

Und nun hingen doch alle gebannt an Falkes Lippen, als er zu erzählen begann:

„Es ist jetzt bald vierzig Jahre her, da fuhr ich als Passagier auf einem Handelsschiff von Aydon zur Küste Elrins, um in der Hafenstadt Helioporta an einer Magierversammlung teilzunehmen, die unter dem Vorsitz der Königin Numitar stattfand. Drei Tage blieb ich in der Stadt, und dabei hatte ich auch Gelegenheit, meinen alten Freund Kapitän Elgar zu besuchen. Obwohl der knurrige Seebär zu dieser Zeit schon nicht mehr der Jüngste und auch längst zu einem hochdekorierten Flottenadmiral aufgestiegen war, hatte er sich nicht von jenem Schiff getrennt, mit dem er in jungen Jahren die Meere befahren hatte. Seine alte „Seeteufel" lag nach wie vor im Hafen, gut in Schuss und bereit, jederzeit auszulaufen, auch wenn es nur noch selten dazu kam. Aber jetzt sah Elgar wieder eine Gelegenheit dazu, denn, so erklärte er mir: „Irgendwie mußt du ja wieder zurück nach Aydon kommen, mein Junge, und es wäre mir ein Vergnügen, dich mit der Seeteufel nach Hause zu bringen. Unsere Flotte hat derzeit nichts zu tun seit wir den letzten Piraten aufgeknüpft haben, und für ein paar Tage wird mich hier niemand vermissen. Ich trommle die alte Besatzung zusammen, und dann kann es losgehen!"

Gesagt, getan. Zwei Tage später verließen wir an Bord der Seeteufel bei herrlichem Wetter den Hafen von Helioporta, und die prächtige alte Stadt beschenkte uns zum Abschied mit einem unvergesslichen Panorama in der Morgensonne, das freilich bald am Horizont verschwand.

„Eine kräftige Brise bei glatter See, was will man mehr?", verkündete Elgar zufrieden. „In zwei Tagen können wir auf Aydon sein!"

Leider kann auch ein erfahrener Seemann nicht in die Zukunft sehen, denn in Wahrheit fuhren wir direkt ins Verderben.

Gegen Mittag machte uns Roskar, der Steuermann, darauf aufmerksam, dass irgendetwas nicht stimmte. Und jetzt bemerkten auch wir anderen das merkwürdige Brodeln und Zischen um unser Schiff herum.

„Ein Mahlstrom?", fragte ich Elgar beunruhigt.

„Ausgeschlossen." Der Kapitän schüttelte den Kopf. „Nicht auf dieser Route. Er wäre in unseren Karten verzeichnet."

Ich blickte über die Reling und erkannte plötzlich, woher das Brausen kam, denn unter der Seeteufel schien sich eine gewaltige Masse zu befinden, die immer näher kam und immer größer wurde. Irgendetwas tauchte aus den Fluten nach oben.

Da überkam mich die Erkenntnis, doch bevor ich das Wort „Krake" überhaupt aussprechen konnte, schnellte schon ein riesiger Tentakel aus dem Meer und krachte mit voller Wucht auf das Deck. Ein in der Nähe stehender Matrose wurde von den Füßen gerissen und über Bord geschleudert, doch noch bevor er im Wasser aufkam, tauchte ein weiterer Tentakel auf, packte den Unglücklichen und zog ihn hinab in die Tiefe. Augenblicke später peitschten mindestens fünf Tentakel um unser Schiff und die Seeteufel wurde durch die Stöße des Monsters hin und her gestoßen, sodass wir zu kentern drohten.

„Zu den Waffen!", brüllte Elgar. „Tötet das Vieh, oder wir sind erledigt!"

Es würde ein ungleicher Kampf werden, das war mir sofort klar, und in dem Chaos, das um mich herum losgebrochen war, sammelte ich all meine Konzentration, um einen Abwehrzauber zu entfesseln. Der Krake war jedoch von ausgesprochen robuster Natur. Mein Zauber ließ ihn zwar einige Male zusammenzucken, doch jedesmal kehrte er mit noch größerer Wut zurück.

Was uns schließlich rettete, war bloßer Zufall, denn das Wetter schlug um, und das gefiel dem Untier nicht. Nachdem sich dunkle Wolken am Himmel zusammengeballt hatten und der Wind merklich kräftiger geworden war, ließ der Krake endlich von uns ab und verschwand wieder in der Tiefe. Freilich waren wir nur vom Regen in die Traufe gekommen, denn der Kampf gegen das Monster hatte uns keine

Möglichkeit gelassen, uns auf den Sturm vorzubereiten. Es waren nicht einmal die Segel eingeholt, als das tosende Unwetter uns voll erwischte. Die Seeteufel hüpfte auf und ab wie ein Korken. Wieder ging ein Seemann über Bord. Kapitän Elgars verzweifelte Befehle wurden vom Heulen des Windes übertönt. Bald war es stockdunkel um uns herum, obwohl es eigentlich erst Nachmittag war. Ich blickte nach oben in die entfesselten Elemente und hatte für einen Augenblick das Gefühl, dass sich in diesem Sturm etwas verbarg, eine finstere Magie, die über das bloße Walten der Natur hinausging. Aber ich konnte mich auch getäuscht haben und in meinem Entsetzen einer Sinnestäuschung erlegen sein. Ich werde nie erfahren, ob die zuckenden Blitze in dem schwarzen Himmel natürlichen Ursprungs oder ein böser Zauber waren, jedenfalls war dieser Sturm stark genug, uns stundenlang über das Meer zu peitschen. Dass wir nicht sanken, war ein Wunder, doch als sich die tobenden Elemente endlich beruhigt hatten, wußten wir nicht mehr, wo wir uns befanden, oder wie viel Zeit vergangen war.

Es war tiefe Nacht und Elgar, der völlig erschöpft und durchnäßt am Achterdeck hockte, blickte zu den Sternen hoch, die nun hinter den Wolken sichtbar wurden.

„Den Sternbildern nach muß es uns enorm weit nach Süden verschlagen haben", knurrte er. „Wir sind jedenfalls weitab jeglicher Schiffahrtsrouten, in einem Bereich der Westlichen See, den ich noch nie befahren habe."

Ich sagte nichts dazu, denn ich wußte auch keinen Rat. Auf dem Meer kannte ich mich nicht aus, und wenn nun sogar der erfahrene Elgar nicht weiter wußte ...

Ich muß wohl gleich danach in einen tiefen Schlaf gefallen sein, denn als ich plötzlich an derselben Stelle, an der ich zuvor gekauert hatte, in die Höhe fuhr, war es bereits heller Tag. Rund um mich erhoben sich soeben die Seeleute, die wohl ebenfalls wie betäubt nach den Strapazen geschlafen hatten, und ich hörte eine Stimme rufen. Es war der Steuermann Roskar.

„Land in Sicht!"

Wir liefen zum Bug und spähten nach vorn. Eine dicht bewaldete, bergige Insel erhob sich vor uns. Aus dem höchsten der Berge quoll grauer Rauch.

„Eine Vulkaninsel", stellte Kapitän Elgar fest. „Ich wußte nicht, dass es so weit südlich Feuerberge gibt."

Eine ferne Erinnerung begann sich in einem Winkel meines Gehirns zu regen. Hatte ich als junger Student in der Bibliothek von Aydon nicht über eine Feuerinsel im tiefen Süden gelesen?

Es war mehr eine Legende als ein echter Reisebericht gewesen, doch ich war mir mit einem Mal ziemlich sicher, wo wir uns befanden.

„Ko'inda!" sagte ich.

Elgar starrte mich fassungslos an. „Ko'inda? Davon habe ich gehört. Aber – das ist die Insel der Zyklopen!" Er keuchte entsetzt. „Ist dir klar, was das bedeutet? Die Zyklopen sind blutrünstige Menschenfresser! Das weiß man doch! Wir müssen sofort hier weg! Ich habe nicht vor, mein prächtiges Seemannsleben als Zyklopenfrühstück zu beenden!"

„Wir haben kaum noch Vorräte und Trinkwasser an Bord!", gab ich zu bedenken, „Und die Seeteufel muß repariert werden. Es bleibt uns gar nichts anderes übrig, als an Land zu gehen. Und wer weiß, ob es hier wirklich Zyklopen gibt. Selbst wenn, so sind sie zwar raue Gesellen, aber meines Wissens keine Menschenfresser. Ich kenne auch niemanden, der jemals einen aus Fleisch und Blut gesehen hätte. Wir haben jedenfalls keine große Auswahl an Inseln für unsere dringend nötige Rast!"

„Neunmalkluge Landratte!", knurrte Elgar, aber er widersprach mir nicht, sondern brüllte zu Roskar hinüber: „Kurs auf die Insel!"

Eine halbe Stunde später gingen wir an Land. Zunächst sehr vorsichtig erkundeten wir das Gelände, doch da sich kein Monster zeigte, wurde die Stimmung bald gelöster. In den waldigen Hügeln hinter dem Strand sammelten wir Obst und füllten an einem herrlich klaren Bach Trinkwasser ab. Einige Matrosen sammelten Holz, damit unser Zimmermann das Schiff wieder seetüchtig machen konnte. Ich selbst marschierte mit Elgar und Roskar weiter landeinwärts, um Fallen aufzustellen. Vielleicht konnten wir uns bald einen Kaninchenbraten gönnen. Ich bückte mich gerade, um eine Falle im Unterholz zu platzieren, als ich im Wald hinter mir lautes Knacken und Rascheln vernahm. Fast gleichzeitig hörte ich, wie ein Schwarm Vögel aus den Bäumen davonflatterte, und als ich mich umdrehte, erstarrte ich vor Schreck. Zwischen den Bäumen stand, selbst fast so groß wie ein Baum, ein muskulöser Riese, gekleidet in ein Wams aus rauem Stoff, eine gewaltige Keule in der Hand. Was mich aber fast am meisten erschreckte, war das einzelne, große, dunkle Auge mitten auf seiner Stirn, das mich direkt anstarrte. Ein leibhaftiger Zyklop! Er hob seine Keule hoch in die Luft und ließ dabei ein grauenerregendes Brüllen hören, das mir durch Mark und Bein ging.

Ich hörte Elgar und Roskar neben mir entsetzt aufschreien, und wenige Herzschläge später hasteten wir drei in Panik durch den Wald, das schwere Stampfen des Zyklopen hinter uns, der uns auf den Fersen war. Während wir hügelab Richtung Strand rasten, hörte ich hinter mir plötzlich ein dumpfes Knallen, der Zyklop brüllte kurz, dann krachte es gewaltig, und aus dem Augenwinkel sah ich, wie er halb hinter mir zu Boden stürzte und dann an uns vorbeikullerte, wobei er fast Roskar unter sich begrub. Der Riese mußte in seiner Ungeduld, uns möglichst schnell zu Mus zu verarbeiten, über eine Wurzel oder einen Baumstamm gestolpert sein. Jedenfalls lag er jetzt ausgestreckt neben uns und rührte sich nicht mehr. Ich blieb stehen und betrachtete den bewußtlosen Giganten.

„Worauf wartest du?", schrie Elgar, „Wir müssen hier weg, bevor er zu sich kommt oder womöglich seine Kumpel auftauchen!"

„Ich kann ihn nicht einfach liegen lassen", hörte ich mich selbst zu meiner Verwunderung sagen. Eine innere Stimme, auf die ich mich für gewöhnlich verlassen konnte, hatte sich geregt, und mir gesagt, dass der Zyklop Hilfe brauchte. „Er ist verletzt!"

„Wie tragisch!", spottete der Kapitän. „Nun komm schon!"

Doch ich ignorierte das Drängen meines Freundes und trat näher an den bewußtlosen Riesen heran, wobei ich immer noch einen gehörigen Respektabstand einhielt. Ein kurzes Abtasten mit analytischer Magie genügte, um festzustellen, dass der Zyklop nicht schwer verletzt war. Aber er hatte wohl eine Gehirnerschütterung davongetragen. Ich löste einen leichten Linderungszauber aus, der ihn von seiner Bewußtlosigkeit befreien würde. Als er sich tatsächlich regte, trat ich vorsichtig ein paar Schritte zurück. Der Riese richtete sich langsam auf, dann erspähte er mich, und sank im selben Moment wieder zurück, wobei er sich mit schmerzverzerrtem Gesicht an den Kopf griff. Ich tat einige Schritte auf ihn zu, machte mit einer Hand eine beschwichtigende Bewegung und vollführte mit der anderen erneut den Linderungszauber. Der Zyklop starrte mich aus seinem dunklen Auge an, schien aber zu begreifen, was vor sich ging, und dass ich ihm helfen wollte. Ich hörte ihn leise schnaufen. Neben mir knackte es. Zwei weitere Zyklopen traten aus dem Wald, blieben aber stehen, und ließen, als sie sahen, was hier geschah, langsam ihre Keulen sinken. Mißtrauisch beobachteten sie mich.

„Du Narr bringst uns in Teufels Küche!", hörte ich Elgar hinter mir zischen. Doch ich war überzeugt, dass ich auf dem richtigen Weg war. Ich griff in meine Reisetasche und zog einige Kräuter hervor, die ich auf Schiffsreisen stets gegen die Seekrankheit dabei hatte, die mich manchmal immer noch befiel. Gegen Kopfschmerzen waren sie ebenfalls recht wirksam, und Kopfschmerzen würde der riesige Kerl vor mir mit Sicherheit in den nächsten Tagen haben. Ich legte die Kräuter vor ihm auf den Boden, wobei ich meinen Mund und Kopf berührte. Er schien die Gesten zu verstehen und griff nach dem Kräuterbüschel, wobei er mit tiefer Stimme einige unverständliche Worte grollte. Wieder versuchte er sich zu erheben und diesmal gelang es ihm. Von seinen Gefährten kam zustimmendes Nicken. Und damit war der Bann gebrochen.

Was soll ich noch sagen? Die Zyklopen hatten verstanden, dass wir nicht ihre Feinde waren und erwiesen sich als ausgesprochen dankbar, dass ich ihrem Gefährten geholfen hatte. In den nächsten drei Tagen erlaubten sie uns nicht nur, in Ruhe unsere Vorräte aufzufüllen und unser Schiff zur reparieren, nein, mein Patient kam sogar zum Strand heruntergestapft (ich hatte den Burschen sinnigerweise Brummkopf getauft) und brachte uns einen Stapel jenes grob gewebten Stoffes, aus dem auch seine Kleidung bestand. Er knurrte etwas in seiner grollenden Sprache und zeigte dabei auf die zerfetzten Segel der Seeteufel. So konnten wir mit dem Geschenk des Zyklopen zu guter Letzt auch unsere Segel flicken.

Als wir am Nachmittag des dritten Tages auf Ko'inda schließlich wieder in See stachen, standen sage und schreibe fünfzehn Zyklopen und Zyklopinnen am Strand und schwenkten zum Abschied ihre Keulen. Dabei brüllten sie so laut, dass wir uns die Ohren zuhalten mußten.

„Zweifellos ein zyklopischer Gute-Fahrt-Gruß!", sagte ich grinsend. „Unfaßbar", erwiderte Kapitän Elgar, „wir haben Freundschaft geschlossen mit einer Horde Zyklopen! Wieder so eine Geschichte, die mir daheim in Helioporta niemand glauben wird!"

Ich mußte herzhaft lachen. Es war eine von Elgars besten Eigenschaften, in schwierigen Situationen mit einer flapsigen Bemerkung alles wieder etwas leichter aussehen zu lassen. Denn in einer schwierigen Lage waren wir zweifellos nach wie vor. Wir befanden uns weitab jeglicher Zivilisation und würden wer weiß wie lange brauchen, um wieder in vertraute und auf den Karten eingezeichnete Gewässer zurückzufinden. Immerhin konnten wir im Verlauf der nächsten Nächte am Stand der Sterne erkennen, dass wir uns wieder deutlich nach Nordosten bewegten und somit auf dem richtigen Kurs waren. Freilich sahen wir in dieser Zeit nirgendwo Land und unser Trinkwasser ging wieder gefährlich zur Neige. Umso erleichterter waren wir, als endlich eine weitere Insel am Horizont auftauchte. Wir hielten darauf zu, und sahen uns bald einer gebirgigen, anscheinend völlig unbewohnten Felsenlandschaft gegenüber. Die Seeteufel fuhr näher heran, und da bemerkten wir die Statue. Es war ein merkwürdiger und irritierender Anblick: Mitten im Nichts der Felsen vor uns erhob sich eine gewaltige Statue aus Metall, ein von grau-grüner Patina überzogener Koloss. Es war ein mit leeren Augen grimmig aufs Meer hinausblickender Krieger, der sich mit beiden Händen auf den Knauf eines riesigen Schwertes stützte. Das Standbild schien uralt zu sein und machte in seiner einsamen Düsternis einen so beklemmenden Eindruck, dass mich ein Frösteln überkam.

„Unheimlich", sagte Elgar neben mir mit leiser Stimme. „Er sieht aus, als würde er diese Insel bewachen. Aber für wen? Hier lebt doch offenbar niemand."

Ich antwortete nicht darauf, denn ich war bereits damit beschäftigt, die Winkel meines Gehirns nach einer entfernten Erinnerung zu durchwühlen. Dann fiel es mir wieder ein.

„Hast du schon einmal von der Insel Kratone gehört?", fragte ich Elgar. „Man kennt sie nur noch aus Legenden."

Nun schien sich auch der Kapitän an die alte Sage zu erinnern. „Du meinst, das da vor uns ist Kratone? Die legendäre Schatzinsel?"

„Habe ich eben Schatz gehört?", mischte sich Roskar ein, dessen Augen plötzlich gefährlich funkelten.

Ich hob beschwichtigend die Hände. „Vergeßt den Schatz! Die Legende besagt nur, dass hier einst ein Volk von Seefahrern zum Schutz dieser Insel eine Krieger-Statue errichtete."

„Genauer gesagt zum Schutz der Reichtümer der Insel!", korrigierte mich Elgar. „Angeblich horteten die Seefahrer ungeheure Schätze in einem Tempel in den Bergen, und als sie die Insel verließen, blieb der

Metall-Krieger mit Namen Talsos zurück, um diese Schätze zu bewachen, bis sie irgendwann wiederkämen!"

„Was nie passiert ist!", ergänzte Roskar. „Das bedeutet, dass die Schätze womöglich immer noch da sind und wir sie uns nur zu holen brauchen!"

„Denkt nicht einmal daran!", erwiderte ich. „Wir sind nur hier, um Wasser an Bord zu nehmen, nicht um Zeit mit der Suche nach irgendwelchen Schätzen zu vergeuden. Und wenn du tatsächlich an diese Legende glaubst, dann weißt du wohl auch, dass Talsos all jene vernichten soll, die sich an den Reichtümern von Kratone vergreifen. Ist es nicht eigenartig, dass alle Gebäude hier längst zu Staub zerfallen sind, aber diese Statue immer noch steht? Etwas Unheilvolles geht von ihr aus. Spürt ihr das nicht?"

Ich war mit einem Mal fest davon überzeugt, dass uns auf dieser Insel Tod und Verderben erwarteten, und ich bereute es, den Namen „Kratone" überhaupt in den Mund genommen zu haben. Denn jetzt gab es für die Besatzung der Seeteufel kein Halten mehr. Die meisten von ihnen waren irgendwann im Laufe ihres Lebens – so wie auch Elgar selbst – Piraten gewesen, und der alte Beute-Instinkt war plötzlich wieder da. Kaum waren wir an Land und hatten unsere Wasservorräte aufgefüllt, marschierten Elgar und seine Männer schon landeinwärts in die Berge. Seufzend folgte ich ihnen, wobei ich im Vorbeigehen einen Blick zu dem Metallkoloss hinüberwarf, der sich nicht weit von uns erhob. Er stand auf einem steinernen Sockel, auf dem trotz der Verwitterung des Steins noch klar das Wort „Talsos" zu erkennen war. Wir befanden uns also tatsächlich auf Kratone, doch Elgar erklärte, dass ihm dieser „Blechkerl" völlig egal war. Ich warf noch einen Blick über die Schulter. Talsos stand nach wie vor auf seinem Sockel, und ich hoffte inbrünstig, dass es dabei blieb. Der Kapitän zeigte nach vorn, wo an einer von Buschwerk überzogenen Klippe offenbar die spärlichen Überreste eines Tempels zu erkennen waren.

„Soll mich doch der Klabauter beißen, wenn wir dort oben nicht was Hübsches finden!", röhrte Elgar.

„Wir können von Glück reden, wenn es nur der Klabauter ist", seufzte ich, doch niemand achtete mehr auf mich. Die Gier hatte von den Männern Besitz ergriffen.

Eine Stunde später standen wir im Inneren der Tempelruine, die in Wahrheit eigentlich eine riesige Höhle im Berg war, und starrten fassungslos auf die Kostbarkeiten, die sich vor uns ausbreiteten. Elgar hatte recht gehabt – hier gab es Kisten voll von glitzernden, funkelnden Edelsteinen in grüner, blauer und roter Farbe, von einer Reinheit und Pracht, wie ich sie noch nie gesehen hatte. Während die Männer sich daran machten, ihre Beute nach und nach zum Strand hinunterzuschleppen, weigerte ich mich, auch nur eine einzige dieser merkwürdigen Truhen zu berühren. Hier stimmte etwas ganz und gar nicht. Wenn all diese Reichtümer nur darauf warteten, mitgenommen zu werden, warum hatte das dann bisher niemand getan? Nach längerem Zögern steckte ich schließlich zumindest einen kleineren der grünen Steine in meine Hosentasche. Ich hatte vor, den Stein später daheim auf Aydon einer genaueren Analyse zu unterziehen, denn er bestand aus keinem mir auch nur annähernd bekannten Material.

Als Elgar, Roskar und ich zum Strand zurückkehrten, stapelten sich dort bereits die Schatzkisten. Irritiert betrachtete ich den Trubel um mich herum. War ich wirklich der Einzige, dem das alles nicht geheuer war?

Immerhin schienen nun auch Kapitän Elgar Zweifel zu kommen, denn er blickte gehetzt um sich und bellte seine Männer an: „Schafft soviele von den Truhen an Bord wie möglich und dann nichts wie weg hier!"

Unwillkürlich blickte ich zum finsteren Talsos hinüber, den unser Treiben nicht im mindesten zu kümmern schien. Womöglich wirklich nur ein einfacher Blechkerl, dachte ich bei mir, und wendete mich wieder der Seeteufel zu.

Praktisch im selben Moment schallte ein lautes Quietschen und Knirschen über den Strand, ein Geräusch, das durch Mark und Bein ging, und eindeutig aus der Richtung der monströsen Statue kam. Als ich mich ihr wieder zuwendete, durchfuhr mich ein eisiger Schrecken. Talsos stand zwar nach wie vor auf seinem Sockel, doch das Gesicht mit den unheimlichen, leeren Augen blickte nun nicht mehr aufs Meer hinaus, sondern starrte uns direkt an. Vor Entsetzen war ich wie gelähmt. Laute Rufe um mich herum erklangen und verrieten mir, dass jetzt auch die anderen bemerkt hatten, was vor sich ging. Ich hatte mich kaum aus meiner Erstarrung gelöst, als auch Talsos in Bewegung kam. Der gigantische Krieger ging in die Hocke und kletterte mit ruckartigen Bewegungen von seinem Sockel herab, wobei wieder das grauenhafte, metallische Knirschen erklang – ein Geräusch, das mich bis heute in meine finstersten Albträume verfolgt. Der Koloss ragte nun direkt vor uns auf, hob sein Schwert hoch über den Kopf und begann mit scheppernden Schritten auf uns zuzustampfen.

Das Chaos, das jetzt am Strand losbrach, war unbeschreiblich. Schreiend stürmten die Männer in alle Richtungen davon. Einen von ihnen erwischte Talsos mit seinem Schwert und fegte ihn damit wie eine Puppe durch die Luft. Ich versuchte, den Giganten mit einem Bannzauber aufzuhalten, doch das blieb ohne jede Wirkung. Die dunkle Magie, die Talsos antrieb, war mir völlig unbekannt, daher konnte ich ihr auch nichts entgegensetzen. Mir kam indes ein anderer Gedanke: Wenn ich Talsos nicht direkt angreifen konnte, würde ihn vielleicht etwas anderes aufhalten – ein simpler, aber effektiver Illusionszauber. Ich hob die Hände und plötzlich war der Strand bevölkert von hunderten Männern. Es waren Spiegelbilder unserer Besatzung – ich hatte Elgars Matrosen mit einem Schlag verzehnfacht. Es war ein simpler Trick, aber Talsos war sichtlich verwirrt. Der Metallriese hieb mit seinem Schwert hierhin und dorthin und stach sinnlos ins Leere.

„Er wird für ein paar Minuten abgelenkt sein!", schrie ich. „Schnell alle an Bord!"

Unter anderen Bedingungen hätte Elgar lautstark dagegen protestiert, dass jemand anderer als er selbst seiner Mannschaft Befehle erteilte, doch er war viel zu sehr damit beschäftigt, sich in Sicherheit zu bringen. So schnell hatte ich den Kapitän tatsächlich noch nie laufen gesehen.

Wenige Minuten später legten wir ab. Talsos kämpfte noch immer am Strand gegen die Trugbilder, aber lange würde ich den Zauber nicht mehr aufrecht erhalten können, und wir waren noch keineswegs in Sicherheit. Ich war mir zwar ziemlich sicher, dass Talsos uns nicht ins Meer hinein verfolgen konnte, aber wir waren immer noch zu nahe an der Insel.

Gerade als der Strand hinter einer Klippe außer Sicht kam, erlosch mein Illusionszauber, und Talsos hieb noch einmal ins Nichts, dann konnten wir ihn nicht mehr sehen.

„Den wären wir los!", donnerte Elgar, der sich mit Planken unter seinen Füßen schon wieder sicher fühlte.

„Darauf würde ich nicht wetten", erwiderte ich.

Und wie um meine Befürchtungen zu bestätigen, sah ich unmittelbar danach eine Bewegung oben auf der Klippe, und der Kopf des

Giganten tauchte auf. Er starrte kurz zu uns herab und verschwand dann wieder.

„Was hat er vor?", knurrte Elgar.

Wir erfuhren es eine Minute später. Talsos erschien auf der Klippe ein Stück vor uns. Hoch über den Kopf hielt er einen großen Felsbrocken, den er gleich darauf mit Wucht zu uns herunterschleuderte. Er verfehlte die Seeteufel nur knapp, doch das Schiff hüpfte auf den Wellen, die der Fels beim Einschlag erzeugt hatte. Ein vielstimmiger Aufschrei ging durch die Reihen der Seeleute. Talsos verschwand abermals außer Sicht und tauchte bald wieder auf, erneut mit einem riesigen Felsbrocken bewaffnet, den er ebenfalls zu uns herunterschleuderte. Doch inzwischen hatten wir genug Abstand zwischen uns und die Klippen gebracht, sodass uns Talsos auch diesmal nicht erwischte. Und jetzt wurde es auch dem Giganten klar, dass er nichts mehr ausrichten konnte. Er bewegte sich nicht mehr und starrte uns mit seinem leeren Blick finster nach.

„Nur eine Handvoll Edelsteine konnten wir mitnehmen!", beschwerte sich Elgar, „wenn wir doch mehr Zeit gehabt hätten!"

Ich sagte nichts darauf, obwohl mir eine unfreundliche Antwort auf der Zunge lag, und schaute ein letztes Mal zur Küste von Kratone zurück, die langsam hinter uns verschwand. Der Anblick wird mir für immer unvergessen bleiben, denn das Letzte, was ich sah, bevor ich das Achterdeck verließ, war die Silhouette des Kolosses, der im Licht der untergehenden Sonne hoch oben auf den Klippen der verwunschenen Insel stand – ein Bild, das sich unauslöschlich in mein Gedächtnis eingebrannt hat.

Bald aber blickten wir nur noch nach vorn, denn ausschließlich der Gedanke an eine baldige Heimkehr beschäftigte uns. In den kommenden Nächten wurden die Sternbilder vertrauter und am dritten Tag deutete Kapitän Elgar nach Backbord, wo einige bergige Inseln in Sicht kamen.

„Wenn mich meine Seekarten nicht belügen, müssen das die eladischen Inseln sein", erklärte er. „Das würde bedeuten, dass wir vielleicht noch heute abend in Hieratis sind!"

Ich atmete erleichtert auf. Diese Hafenstadt kannte ich. Ich war sogar schon zweimal dort gewesen. Hieratis ist die Hauptstadt der Insel Keloneia, die das Zentrum eines Inselreiches bildet, das durch Handel zu großem Wohlstand gelangt war. Das Wahrzeichen von Hieratis ist ein gewaltiger Leuchtturm, der Seefahrern schon seit über zweihundert Jahren den Weg in den sicheren Hafen weist. Gegen Abend, als sich die Dämmerung über das weite Meer senkte, erblickten wir am Horizont, direkt über dem Meeresspiegel, ein fernes Licht.

„Das ist der Leuchtturm", verkündete Elgar und die Erleichterung war ihm deutlich anzuhören. „Ab sofort müssen wir nur noch seinem Licht folgen."

Es war bereits tiefe Nacht, als wir in den Hafen von Hieratis einfuhren. Doch da dies eine geschäftige Stadt ist, die niemals schläft, waren noch viele Gebäude erleuchtet und wir würden wohl leicht eine gastliche Taverne finden, wo wir uns endlich wieder einmal richtig satt essen konnten. Beim Einlaufen in den Hafen fuhren wir an dem berühmten Leuchtturm vorbei, von dem jetzt, bei Nacht, nicht mehr als eine dunkle Masse zu erkennen war. Doch hoch oben sah ich das große Feuer flackern, das uns in den vergangenen Stunden den Weg gewiesen hatte.

Die Edelsteine, die wir von Kratone mitgebracht hatten, ermöglichten es uns, ein überaus delikates Essen zu bezahlen sowie etliche Humpen des besten Weines. Vollgegessen und ziemlich betrunken kehrten wir in den frühen Morgenstunden auf das Schiff und in unsere Kajüten zurück und schliefen erstmal bis Mittag durch.

Dann allerdings scheuchte uns Kapitän Elgar aus den Betten und auf den Markt am Hafen, um Vorräte zu kaufen. Wir hüteten uns freilich davor, allzu sehr mit unseren Edelsteinen zu protzen, denn wir wollten nicht den Argwohn und den Neid der Hieratier erwecken. Während ich über den Markt schlenderte, hatte ich endlich Gelegenheit, die Schönheit der Stadt bei Tageslicht zu bewundern, die Eleganz der blendend weißen Häuser und Villen, die sich über die grünen Hügel rundum verteilten, und natürlich die monumentale Wucht des berühmten Leuchtturms. Ich legte den Kopf weit in den Nacken, trotzdem konnte ich nicht bis zur Spitze sehen, dafür war der gigantische Turm schlicht zu hoch. Obwohl ich ihn schon bei meinen früheren Besuchen in Hieratis bestaunt hatte, konnte ich mich dennoch nicht sattsehen. Seine unteren Etagen waren komplett mit Marmor verkleidet und mit bunten Reliefs geschmückt, die frühere Herrscher des Inselreiches zeigten, aber auch mythologische Szenen darstellten. Zu meiner Verblüffung entdeckte ich darunter zum ersten Mal einen kämpfenden Zyklopen. Es erschien mir fast unglaublich, dass ich vor nicht einmal zwei Wochen gleich mehreren davon gegenüber gestanden hatte, und kein Künstler der Welt konnte diese bemerkenswerten Wesen auch nur annähernd richtig wiedergeben. Aber wem hätte ich es erzählen sollen? Es hätte mir ohnehin niemand geglaubt …

Bereits am späten Nachmittag sagten wir Hieratis Lebewohl und setzten die Segel in Richtung Heimat. Kapitän Elgar wollte nicht länger bleiben. Er war inzwischen ein paar Mal zu oft von neugierigen Händlern nach der Herkunft unserer Edelsteine gefragt worden und fürchtete nun, dass man uns bald die Ausreise verweigern würde, wenn wir uns nicht davonmachten.

Ich stand noch lange am Heck der Seeteufel und blickte zurück. Selbst als Hieratis schon in der Ferne verschwunden war, konnte man immer noch die Umrisse des Leuchtturms erahnen. Doch schließlich verlor ich auch ihn aus dem Blick und uns umgab erneut nur die Weite der See. Nun freilich war es ein willkommener Anblick, denn wir befanden uns endlich in vertrauten Gewässern und konnten direkten Kurs auf Aydon nehmen.

„In zwei Tagen sind wir da!", verkündete Elgar und ich glaubte ihm diese Voraussage nur zu gerne, denn mein Heimweh war nach den Strapazen der letzten Zeit jetzt fast unerträglich.

Der Rest unserer Reise verlief ereignislos bei herrlichem Wetter. Als wir uns schließlich Aydon näherten, konnte ich die Insel fühlen und ihren Duft riechen, lange bevor sie am Horizont auftauchte. Dann endlich kamen die vertrauten Hügel meiner Heimat in Sicht, und eine Stunde später betraten wir den Kai am Hafen. Es war ein unvergesslicher Moment, doch mindestens genauso unvergesslich wurde mir das Wiedersehen mit Rhea.

„Wo hast du dich rumgetrieben?", fauchte sie. Dann fiel sie mir um den Hals und brach in Tränen aus. „Ich hatte gedacht, du liegst schon am Grund des Meeres!" Ich tätschelte ihren Kopf. „Beinahe, meine Liebe. Beinahe." Und damit war ich wieder daheim."

Eine Weile war es still in der Stube, als Falke mit seiner Erzählung zu Ende war. Nur das Brausen des Regens draußen war zu hören. Dann räusperte sich Rhea vernehmlich.

„Also meine Erinnerung an deine Heimkehr ist eine etwas andere", sagte sie und lächelte. „Geheult hast wohl eher du, und das nicht zu knapp!"

„Kann sein", gab Falke zu, „aber welche Rolle spielt das schon?"

„Nun ja", meinte Arane, „wenn der Rest deiner aufregenden Erinnerungen genauso unscharf ist, wie der Schluß ... Du mußt zugeben, die Zyklopen und der metallene Talsos gehören wohl eher ins Reich der Legenden."

Sie kannte ihren Vater, und wußte, dass er seine Jugenderlebnisse gern ein wenig ausschmückte.

Doch der alte Magier grinste nur. „Ich werde euch etwas zeigen!" sagte er. Dann erhob er sich von seinem Stuhl und ging in einen Nebenraum, von wo er gleich danach mit einem kleinen Lederbeutel zurückkam. „Jetzt paßt auf!" Er öffnete den Beutel, und ein grüner Stein fiel auf den Tisch.

Zögernd griff Arane danach und hielt den Stein ins Licht der Lampe über dem Tisch. Er leuchtete in einem tiefen, dunklen Grün, und es schien fast, als ob ein kleines Feuer in seinem Inneren loderte. „Ist das der Edelstein ..."

„... den ich auf Kratone in meine Hosentasche steckte. Selbstverständlich!" Falke lächelte verschmitzt. Arane reichte den Stein an Cosd weiter, der ihn kopfschüttelnd betrachtete. Rhea winkte ab, als Cosd ihr den Stein geben wollte. „Den kenne ich schon seit vierzig Jahren. Eigentlich will ich das verfluchte Ding gar nicht hier im Haus haben."

Arane starrte ihre Eltern sprachlos an.

„Wißt ihr, was ich mir letztens dachte?" sagte Falke in die Stille hinein. „Wenn ich nur ein paar Jahre jünger wäre, würde ich vielleicht noch einmal nach Kratone fahren und Talsos das grüne Ding zurückbringen. Der alte Knabe sucht wahrscheinlich bis heute nach den Steinen, die ihm an jenem bemerkenswerten Tag abhanden kamen, an dem ein paar Leute dumm genug waren, die Insel zu betreten, auf der er so lange Wache gehalten hatte."

Hinab

Weit draußen im westlichen Ozean, auf der heiligen Insel Aydon, befindet sich im Herzen der Tempelsiedlung die weithin berühmte Bibliothek der Priester. Obwohl sie kleiner ist, als allgemein angenommen, finden sich in ihr dennoch so viele wichtige und seltene Schriften, dass Gelehrte und Magier aus allen Ländern des Kontinents Elrin gerne hierher kommen, denn sie wissen, dass wahrscheinlich genau jene Frage, die sie gerade beschäftigt, hier beantwortet, und jedes Problem, dem sie sich stellen müssen, hier gelöst werden kann. Die Vorsteherin dieser Bibliothek war viele Jahre lang Rhea, die Oberpriesterin von Aydon und Gemahlin des legendären Magiers Falke.

An einem Nachmittag im Hochsommer war Rhea wieder einmal damit beschäftigt, kürzlich neu verfasste Dokumente in der Bibliothek einzuordnen, wobei sie tatkräftig von Falke und ihrer gemeinsamen Tochter Arane unterstützt wurde. Der alte Magier liebte diese Tätigkeit, besonders an einem heißen Tag wie diesem, denn die Gewölbe der Bibliothek waren dann einer der kühlsten Orte, an denen man sich aufhalten konnte. Er lächelte in sich hinein und beschloß, dieses sehr praktische Verständnis von Bibliotheksarbeit gegenüber seiner Frau lieber nicht zu erwähnen.

„Gleich sind wir fertig!", verkündete Rhea. „Die letzten noch verbliebenen Schriftrollen aus dem Bereich Völkerkunde legen wir hier in dieses Regal zu den Aufzeichnungen über die Nahirin."

„Unsere alten Freunde aus dem Wald Tyrfing!", erinnerte sich Falke voll Freude.

Es lag nun schon viele Jahre zurück, dass er und Rhea das verborgen in Elrin lebende Waldvolk zuletzt besucht hatten, doch in jungen Jahren hatten sie manches Abenteuer mit den Nahirin erlebt.

„Seht mal, was ich hier gefunden habe!", sagte Falke und zog eine alte Schriftrolle aus dem Regal. „Meine Aufzeichnungen über die Suche nach dem Schwert des Berendianur! Das muß mindestens vierzig Jahre her sein!"

„Länger, mein Lieber, viel länger", meinte Rhea schmunzelnd. „Damals waren wir wirklich noch sehr jung."

Ihre Tochter Arane blickte von der Arbeit auf. „Ihr habt zusammen mit den Nahirin nach einem Schwert gesucht?", fragte sie verwundert.

„Haben wir dir nie davon erzählt?", erwiderte Rhea. „Nun ja, es war eine Reise, an die man sich nicht allzu gern erinnert. Du kannst alles in dieser Rolle nachlesen."

„Oder ich berichte dir gleich hier und jetzt davon!", schlug Falke vor.

Rhea seufzte. Es war wieder einmal soweit – ihr Mann war in der Stimmung, Jugenderinnerungen zum Besten zu geben.

„Na, dann laß hören!", sagte Arane lächelnd.

Und Falke begann zu erzählen …

„Es liegt Jahrzehnte zurück, und trug sich in einer Zeit zu, als ich mein Studium auf Aydon zwar schon abgeschlossen und einiges an Erfahrung gesammelt hatte, aber noch nicht der große Magier späterer Jahre war. Die Leute nannten mich oft noch bei jenem Namen, den ich in meiner Kindheit und Jugend getragen hatte, nämlich Ewill.

Rhea und ich waren auf der Heimreise vom Norden Elrins nach Aydon. Wir hatten einige Monate an der Akademie der Magier Unterricht in Heilkunde gegeben. Auf dem Weg zur Küste durchquerten wir den großen Wald Tyrfing und machten dabei für einige Tage bei unseren alten Freunden, dem Volk der Nahirin, in ihrer Baumhaus-Stadt Oukenac-Tiaach halt. Es war wunderbar, wieder mitten im Grün des Waldes die Gastfreundschaft dieses immer noch geheimnisvollen Volkes genießen zu dürfen. Seit über zweihundert Jahren hatten sie ihren schützenden Wald kaum noch verlassen und sich weitgehend von der Welt zurückgezogen. Der größte Teil Elrins wurde inzwischen von den Menschen bevölkert, und der weite, undurchdringliche Wald Tyrfing war für das uralte Volk der Nahirin zur letzten Zuflucht geworden. Während unseres Besuches merkten wir bald, dass die Nahirin nach wie vor in unsicheren Verhältnissen lebten.

Carsana, das gewählte Oberhaupt des Waldvolkes, und ihr Mann Niamano schilderten uns sorgenvoll die neuesten Entwicklungen.

„Seit die nördlichen Herzogtümer der Menschen sich im Krieg miteinander befinden, haben auch wir hier im Tyrfing zu leiden", sagte Niamno. „Immer wieder dringen Truppen der Menschen in den Wald ein und bringen Zerstörung und Tod. Dabei wollen wir mit ihren Streitigkeiten doch gar nichts zu tun haben."

„Für die Menschen sind wir nur Wilde und Heiden", meinte Carsana bekümmert, „und der Wald ist für sie nur ein Rohstofflager, das sie nach Belieben plündern, um Katapulte, Rammböcke und andere Todesmaschinen zu bauen. Wir konnten die Übergriffe bisher abwehren, aber unser Volk kämpft nur mit Pfeil und Bogen. Wie lange können wir noch standhalten, wenn sich die Lage im Norden nicht bald bessert?"

„Der Krieg zwischen den Herzogtümern könnte noch eine Weile dauern", gab ich zu bedenken. „Solange keiner der Herzöge sich durchsetzt, wird kaum Frieden einkehren."

Nilikeea, die Tochter von Carsana und Niimano, ergriff das Wort: „Vater meinte kürzlich, dass uns nur ein Wunder helfen könnte. Zum Beispiel das magische Schwert des Berendianur."

Niimano schüttelte den Kopf. „Das war nur ein hingeworfener Gedanke, meine Tochter. Einer von vielen, ohne Aussicht, Wirklichkeit zu werden."

Meine Neugier war freilich geweckt, als ich den Namen Berendianur hörte. Von meinem Studium auf Aydon wußte ich, dass Berendianur der legendärste König der Nahirin gewesen war, der vor etwa tausend Jahren regiert hatte, als die Nahirin noch große Teile Elrins bevölkerten.

„Ihr sprecht von jenem magischen Schwert, das Berendianur nach dessen Tod ins Grab mitgegeben wurde?", fragte ich. „Der Legende nach soll es dereinst in den Händen eines anderen Herrschers die Nahirin vor Gefahr retten."

Niimano nickte. „In meiner Sorge um unser Volk dachte ich, dass meine Frau Carsana es vielleicht führen könnte, um die Menschen abzuwehren."

„Dann holt das Schwert doch aus der Gruft und probiert es einfach aus", meinte Rhea.

Carsana lächelte. „Das Grab des Berendianur befindet sich jenseits des Tyrfing, tief im Inneren des Erm-Gebirges, verborgen in jenen Hallen und Stollen, die dort unser Volk einst in die Felsen grub, als wir noch Bergbau betrieben. Wir wissen nur sehr ungefähr, wo es liegt, und wir können nicht so einfach dorthin gelangen."

Niimano bemerkte unsere verwunderten Blicke und ergänzte: „In ihrem Übermut und unerschütterlichen Selbstvertrauen legten unsere Vorfahren das Grab in die sogenannte dritte Ebene. Es war die tiefste Grabung, die sie jemals durchgeführt hatten, und hier inmitten dieser tiefen Hallen, sollte ihr berühmter König ruhen. Doch mit ihrem Vordringen in die Tiefen des Berges hatten sie etwas Böses aus grauer Vorzeit geweckt, eine dunkle Magie, die sich bald über die dritte Ebene ausbreitete und unser Volk zur Flucht zwang. Sie mußten alles zurücklassen und sich in die zweite Ebene zurückziehen. Doch bald war es auch dort nicht mehr geheuer. Zuletzt wurde nur noch die erste Ebene für den Bergbau genutzt. Vor etwa fünfhundert Jahren, als der Bergbau unrentabel wurde, gaben wir auch die erste Ebene auf und verließen das Erm-Gebirge für immer. Ein kleiner Expeditionstrupp versuchte vor zweihundert Jahren, in die Tiefe zurückzukehren und das magische Schwert in Sicherheit zu bringen, doch der Trupp wurde nie wieder gesehen."

„Sie hatten wohl keinen Magier bei sich, der ihnen helfen konnte", sagte ich und grinste.

Ich merkte, wie Rhea neben mir erstarrte. „Ewill, ich warne dich!" sagte sie streng. „Denk nicht einmal im Traum daran!"

Wie gut sie mich doch kennt, dachte ich verblüfft bei mir, und schon einen Moment später hörte ich mich selber sagen: „Wir könnten es versuchen. Führt mich zum Eingang dieser Stollen und wir holen das Schwert!"

„Ewill, nein, das ist Wahnsinn!" Rhea starrte mich entsetzt an.

Auch Carsana schüttelte den Kopf. „Die Stollen unter dem Berg sind endlos. Wir wären tagelang in der Dunkelheit unterwegs, und wer weiß, ob eure Magie uns vor dem Bösen dort unten schützen kann? Zudem gibt es keine verläßlichen Karten von der dritten Ebene. Wir würden vielleicht gar nicht bis zu Berendianurs Grab gelangen, sofern es überhaupt noch existiert."

Doch meine Abenteuerlust war geweckt. „Was soll schon passieren? Wenn wir merken, dass es nicht klappt, kehren wir eben wieder um."

Heute, als alter Mann, wundere ich mich, mit welcher Leichtfertigkeit ich damals sprach, und mit welcher Naivität ich mich einem Unternehmen hingab, von dem alle anderen mir abrieten. Aber eine Stunde später hatte ich sie alle überzeugt. Wir würden nach dem magischen Schwert suchen. Rhea fügte sich kopfschüttelnd und begann schon einmal damit, im Wald Heilkräuter zu pflücken, von denen sie sicher war, dass wir sie brauchen würden. Niimano, der Rhea und mich führen würde, wählte ein Dutzend erfahrener Jäger und Krieger aus, die uns begleiten sollten. Zudem packten wir reichlich Proviant ein. Trinkwasser würden wir im Wald und auch in den Höhlen jederzeit finden, versicherte uns Carsana. Nilikeea brachte uns alle Wegekarten des Labyrinths, die aufzutreiben waren. Zuletzt kamen die Fackeln an die Reihe – wir nahmen sowohl herkömmliche, als auch magische Fackeln mit. Die magischen Fackeln würden uns reichlich Licht spenden, wenngleich auch nicht ewig. Nach ein paar Tagen wäre damit Schluß, warnte uns Carsana, und bis dahin mußten wir zurück an der Oberfläche sein, sonst würde es im wahrsten Sinne des Wortes zappenduster. Dieser Ausblick war tatsächlich beunruhigend, denn selbst mit meinen magischen Fähigkeiten und mit dem berühmten Orientierungssinn der Nahirin wären wir in völliger Finsternis wohl recht bald aufgeschmissen, und was dann dort unten aus uns werden würde, wenn wir nicht einmal mehr die Wegekarten lesen konnten, darüber wollte ich lieber gar nicht erst nachdenken.

In der Nacht vor unserem Aufbruch konnte ich lange nicht einschlafen und lauschte auf das Konzert der Grillen in der Dunkelheit. Der Schlaf, in den ich endlich fiel, war unruhig und von Albträumen erfüllt. Wie ich später erfuhr, ging es den übrigen Teilnehmern unserer Expedition nicht anders, aber wen sollte das verwundern. Ich war inzwischen nicht mehr sicher, ob unser Vorhaben wirklich sinnvoll oder womöglich doch Wahnsinn war, aber jetzt war es zu spät, um darüber zu sinnieren. Ein Rückzieher kam für mich nicht in Frage.

Wir brachen früh am nächsten Morgen auf und marschierten danach zwei Tage zügig durch den westlichen Teil des Tyrfing, bis wir gegen Mittag des zweiten Tages in die Ausläufer des Erm-Gebirges gelangten. Von nun an ging es stetig bergauf. Am späten Nachmittag waren wir hoch in den Bergen und erreichten schließlich die Baumgrenze. Vor uns erhoben sich die gezackten Felsgrate der Gipfel, und als ich zurückblickte, bot sich mir ein unvergessliches Panorama. Der endlose Wald lag unter uns ausgebreitet, ein weites Meer von Grün. Und von hier oben konnte man auch deutlich erkennen, dass der scheinbar gleichförmige Wald im Grunde eine sehr vielfältige Vegetation aus verschiedensten Baumgattungen aufwies. Auch verlief er keineswegs eben, sondern bestand aus einer Vielzahl von Hügeln und richtiggehenden Bergen, von denen freilich keiner mit der massiven Größe des Erm-Gebirges mithalten konnte, in dem wir uns nun befanden.

Niimano meldete sich von der Spitze unseres Trupps. „Dort vor uns können wir die Ruinen der Festung Na'Ailir sehen. Sie bewachte einst den Zugang zu den Stollen in diesem Teil des Gebirges und verfiel, nachdem unser Volk abgezogen war."

Er zeigte mit ausgestrecktem Arm bergwärts und nun entdeckte auch ich im rötlichen Licht der schon tiefstehenden Sonne das uralte Mauerwerk zwischen den Felsen. Es war so perfekt in die natürlichen Gegebenheiten eingepaßt worden, dass ich es zunächst gar nicht bemerkt hatte. Doch nun erkannte ich, dass es sich um künstliche Strukturen handelte. Ich war verblüfft, denn zum ersten Mal sah ich Mauerwerk, das von der Hand der Nahirin geschaffen worden war. Seit Jahrhunderten kannte man das Waldvolk nur für seine hölzernen Baumhäuser. Nun wurde mir bewußt, welch kunstfertige Baumeister sie in den alten Zeiten gewesen waren.

„Wir werden heute im Schutz von Na'Ailir übernachten", verkündete Niimano. „Morgen früh machen wir uns auf den Weg in die Tiefe."

Als es zwischen den Felsen und den uralten Mauern finster geworden war, trat ich von unserem Lagerfeuer zum Waldrand hinaus. Über mir wölbte sich ein prachtvoller Sternenhimmel, und der Vollmond stand hoch über dem Tyrfing, dessen dunkle Weite sich zu einem unsichtbaren Horizont hin ausbreitete.

Rhea trat hinter mich. „Worüber denkt der große Magier nach?", fragte sie mich leise mit jener subtilen Ironie, die mich immer wieder auf den Boden der Tatsachen zurückholen konnte, wenn es dringend nötig war. Diesmal freilich war die Lage wirklich ernst.

„Ich frage mich, ob ich nicht ein Narr bin, uns alle in solche Gefahr zu bringen", sagte ich düster. „Du hattest recht, es ist Wahnsinn."

Rhea legte mir die Hand auf die Schulter. „Wir gehen morgen gemeinsam da hinein, und danach gemeinsam wieder hinaus", sagte sie. „Mit etwas Glück finden wir das Schwert. Vielleicht auch nicht. Die Götter werden es entscheiden."

Wie um ihre Worte zu unterstreichen, erklang aus dem Wald der Ruf einer Eule. Der Ton hatte etwas wohltuend Beruhigendes an sich.

„Ja", sagte ich. „Die Götter werden entscheiden." Und hoffentlich zu unseren Gunsten, dachte ich bei mir. Aber das sprach ich nicht laut aus.

Früh am nächsten Morgen war es soweit. Niimano führte uns auf die andere Seite von Na'Ailir und aus der Ruine hinaus, bis zu einer von Buschwerk zugewachsenen Felswand.

„Hier ist es", sagte er. „Einer der fünf westlichen Eingänge in die Minen."

Ich konnte keine Spur von einem Eingang erkennen, aber Niimano murmelte irgendetwas, das wie „Annngoonnmmeennnmmoonnttnn" klang, und plötzlich gerieten die Büsche in Bewegung, die Äste wanden sich wie Schlangen und gaben eine große Öffnung im Fels frei.

„Zum Glück funktioniert das alte Kennwort noch", sagte Niimano hörbar erleichtert.

Ich starrte wortlos auf das undurchdringliche Dunkel, das sich vor uns auftat. Nun war es also soweit. Vor uns lag das Tor in die Abgründe des Berges. Ich atmete tief durch, und noch bevor ich einen weiteren Gedanken fassen konnte, traten wir schon hindurch und begannen unseren Weg hinab in die Tiefe.

Das Licht des Tages verschwand bald hinter uns, während wir einem in den Fels getriebenen Gang ziemlich steil nach unten folgten, und wir zogen unsere Fackeln hervor. Hatten wir soeben zum letzten Mal in unserem Leben das Sonnenlicht gesehen? Ich mußte einen plötzlichen Anflug von Panik niederkämpfen. Jetzt waren wir wirklich im Inneren des Gebirges.

Während wir stetig abwärts marschierten, sah ich allerlei Bilder und Verzierungen an den Felswänden, vor Jahrhunderten von den Nahirin angefertigt, die hier gelebt und gearbeitet hatten. Hin und wieder öffneten sich Höhlen neben uns, die uns Niimano als verlassene Wohnstätten seines Volkes beschrieb. Dem Nahirin war deutlich anzusehen, welche Gefühle es in ihm auslöste, an diesen Ort zu kommen, von dem seine Vorfahren einst ausgezogen waren, um den Tyrfing zu besiedeln.

Nach einiger Zeit ließen wir die alten Wohnhöhlen hinter uns und kamen in Bereiche, die wohl für Versammlungen, aber auch zum Bergbau gedient hatten. Hier gab es keine Bilder mehr an der Wänden, dafür aber hatte ich wieder Gelegenheit, die Kunstfertigkeit der alten Nahirin zu bewundern, die riesige Hallen im Berg geschaffen hatten, die nahtlos mit den von der Natur vorgegebenen Strukturen verschmolzen.

Während einer Rast studierte Niimano seine Karten. „Wir sind nach wie vor auf der ersten Ebene. Es wird noch ein Weilchen dauern, bis wir zur zweiten gelangen."

Ich seufzte unwillkürlich, denn ich hatte das Gefühl, schon seit Ewigkeiten hier unten zu sein. Welche Tages- oder Nachtzeit draußen wohl inzwischen angebrochen war? Ich hatte jedes Zeitgefühl verloren. Zum Glück spürte ich bis jetzt nichts Bedrohliches, denn ich hätte es wahrgenommen, wenn dunkle Magie in der Nähe gewesen wäre. Gleichzeitig beunruhigte mich aber etwas anderes: Ich war zu Beginn unserer Expedition überzeugt gewesen, dass ich eine Art gedankliche Verbindung mit der Oberfläche würde aufrecht erhalten können, sodass ich jederzeit erspüren konnte, wo sich die Ausgänge aus diesem Labyrinth befanden, falls wir uns verirrten. Doch je länger wir hier unten verweilten, und je mehr Tonnen von Fels und Gestein sich zwischen uns und der Außenwelt befanden, desto schwächer wurden die Signale von dort. Ich war mir nicht mehr sicher, ob ich die Ausgänge noch spüren konnte, wenn wir erst auf der zweiten oder gar der dritten Ebene sein würden. Aber diese Befürchtung behielt ich für mich, denn ich wollte die anderen nicht beunruhigen.

Nachdem wir eine geraume Weile weiter durch dunkle Gänge und Hallen marschiert waren und mich zunehmend ein Gefühl der Beklemmung überkam, sahen wir vor uns plötzlich Licht. Ich blieb verdattert stehen, doch Niimano forderte uns lächelnd zum Weitergehen auf. Er schien zu ahnen, was uns in der nächsten Halle erwartete, und was wir gleich darauf sahen, verschlug uns allen den Atem.

Wir betraten eine riesige Höhle, die voller tanzender Lichter war. Am Boden und an den Wänden wuchsen fluoriszierende Pilze aller Farben und Arten. Manche waren winzig, andere riesig und fast so groß wie ein erwachsener Mensch. Über ihnen, bis hinauf unter die Decke der Höhle, tanzten die Lichter, tausende von ihnen. Waren es Pilzsporen oder gar Lebewesen?

„Wir nennen sie die Gemirindi", erklärte Niimano. „Es sind winzige Elementargeister, die über diese Pilze wachen. Freundliche Geschöpfe, die allen, die durch diese Höhlen wandern, Glück bringen. So sagt man jedenfalls."

„Und Glück werden wir brauchen", ergänzte Rhea, während sie auf die tanzenden Lichter starrte.

Auch ich war wie gebannt von diesem Anblick. Gerne hätte ich länger hier verweilt, doch unsere Nahirin-Freunde drängten uns zum Weitermarsch. Und sie hatten recht damit. Je mehr Zeit wir hier unten zubrachten, desto riskanter wurde unsere Reise. Die Vorstellung von plötzlich erlöschenden Fackeln verfolgte mich seit unserem Aufbruch, und ich mußte diesen Gedanken beharrlich beiseite schieben, um nicht in den Bann aufsteigender Panik zu geraten.

Nachdem wir die Halle der Lichter schon eine Weile hinter uns gelassen hatten, hörten wir vor uns ein fernes Plätschern.

„Wie es scheint, stoßen wir bald auf Wasser", verkündete Niimano. „Es wird ohnehin Zeit, unsere Wasservorräte zu ergänzen."

Kurz danach standen wir in einer großen Kaverne. Hier gab es tatsächlich Wasser, allerdings war es zunächst unmöglich für uns, es abzufüllen. Das Wasser schoss aus einer Öffnung hoch über uns im Fels und ergoss sich als kleiner Wasserfall in … Ja, wohin eigentlich? Wir standen auf einer Art Galerie, mit einem gähnenden Abgrund neben uns, in dem das Wasser verschwand. Mir wurde ein wenig schwindlig zumute. Unten in der Dunkelheit mußte es einen See geben, denn wir hörten das Wasser hinein plätschern, ohne allerdings erkennen zu können, was sich dort unten wirklich befand.

„Wir müssen einen Abgang zum Boden dieser Kaverne finden", sagte Rhea, „sonst kommen wir nicht an das Wasser heran."

Nach einiger Zeit stießen wir auf eine in den Fels gehauene Treppe, die uns auf den Grund der Kaverne führte. Wir hatten anscheinend ein altes Trinkwasserreservoir der Nahirin entdeckt, das sich aus jenem unterirdischen Bach speiste, der über uns aus dem Gestein schoss. Nachdem wir unsere Flaschen und Wasserschläuche befüllt hatten, deutete Niimano zu einem Torbogen in der Nähe. „Das müßte der Weg zur zweiten Ebene sein", sagte er. „Jetzt haben wir die erste Ebene fast hinter uns."

Mir wurde ein wenig mulmig, ein Gefühl, das sich noch verstärkte, als ich einen letzten Blick zurück zum See warf. Denn im Licht meiner Fackel sah ich deutlich, wie aus dem Wasser des Sees kurz etwas auftauchte, das wie ein glitschiger Tentakel aussah. Es verschwand sofort wieder, wobei es ein deutlich hörbares Platschen verursachte. Außer mir schien es niemand bemerkt zu haben, aber mir lief ein kalter Schauer über den Rücken. Ich war mir ziemlich sicher, dass wir gerade mehr Glück als Verstand gehabt hatten, und flüsterte ein leises „Danke, ihr guten Gemirindi!" Gleichzeitig fragte ich mich mit zunehmender Unruhe, welchen Kreaturen der Tiefe wir wohl noch hier unten begegnen würden.

Viel Zeit zum Grübeln blieb mir zum Glück nicht, denn bald standen wir vor der nächsten Herausforderung. Vor uns öffnete sich eine Halle, die eine Art Treppenhaus darstellte, aber eines, dessen Architekt zweifellos wahnsinnig gewesen war. Treppen führten in alle Richtungen, zu zig verschiedenen Türen, nach oben, nach unten, oder spiralförmig ins Nichts.

Rhea ächzte. „Was soll das denn bedeuten?", fragte sie hörbar schockiert.

Nur Niimano schien zufrieden. „Wie ich's mir gedacht habe", sagte er. „Der Zugang zur zweiten Ebene! Für Unbefugte nicht zu bewältigen!"

Mich durchfuhr der Gedanke, dass Niimanos Vorfahren nicht ganz bei Trost gewesen sein konnten, doch das sprach ich nicht laut aus, da ich die Nahirin nicht beleidigen wollte. Stattdessen sagte ich: „Und verraten euch die Karten, welcher Durchgang der richtige ist?"

„Im Prinzip schon, aber nur in verschlüsselter Form", antwortete Niimano. „Es wird eine Weile dauern, bis wir da durch sind."

Er sollte recht behalten. Eine gefühlte Ewigkeit irrten wir treppauf und treppab, bis wir endlich vor einem Durchgang standen, den Niimano als den richtigen ansah. Nacheinander traten wir auf die andere Seite hinüber, wo direkt vor uns eine einzelne, breite Treppe steil in die Tiefe führte. Wir folgten ihr, bis wir in einer kleineren Halle ankamen, von der aus ein Stollen weiter ins Dunkle führte.

„Willkommen auf der zweiten Ebene!", sagte Niimano, aber es klang nicht besonders freudig.

Und praktisch im selben Moment überrollte mich die nackte Furcht wie eine eisige Welle. Ich spürte die Anwesenheit von schwarzer Magie so intensiv, dass ich nach Luft schnappen mußte.

Rhea packte mich an der Schulter. „Was ist los?"

Ich keuchte. „Ich spüre eine dunkle Präsenz. Diese ganze Ebene ist durchseucht mit uralter, destruktiver Magie!"

Die Nahirin-Krieger tuschelten beunruhigt miteinander.

„Dann sind die alten Legenden also wahr", sagte Niimano ernst. „Was sollen wir tun? Umkehren?"

Wir berieten uns. Meine Atmung hatte sich wieder etwas beruhigt, und ich erklärte schließlich: „Laßt uns weitergehen, aber mit größter Vorsicht. Wenn es gefährlich wird, werde ich alles einsetzen, was mir an Magie zur Verfügung steht!"

Falls das genug ist, dachte ich im Stillen bei mir. Und wir hatten noch nicht einmal die dritte Ebene erreicht, um das Schwert zu suchen! Ich mußte plötzlich an die Nahirin-Expedition denken, die vor zweihundert Jahren in diese Tiefen aufgebrochen und nie zurückgekehrt war …

Zügig, aber vorsichtig, durchquerten wir weitere Gänge und Hallen. Das Gefühl der Bedrohung ließ nicht nach, wurde zum Glück aber auch nicht stärker, sondern pendelte sich auf einem erträglichen Niveau ein. Vielleicht ist dies alles ja schon seit Jahrhunderten vorbei, dachte ich bei mir, und was ich spüre, ist nur noch der Nachhall der Vergangenheit. Aber tief drinnen wußte ich, dass ich mir etwas vormachte …

Wir durchquerten eine Höhle, in der tausende und abertausende von Smaragden in grünem Licht funkelten, doch Niimano erklärte nur: „Das Interesse an diesen Steinen haben wir Nahirin schon recht früh verloren. Mit ein Grund, warum wir diese Ebene aufgegeben haben."

Wieder einmal konnte ich über dieses merkwürdige Volk nur staunen, doch viel Zeit dafür blieb mir nicht, denn schon hatten wir die nächste Halle betreten, und hier geschah etwas überaus Merkwürdiges: Jedes Geräusch, jeder Schritt, jedes Wort wurde durch ein vielfaches Echo gebrochen.

„Unglaublich!" sagte Rhea. „Unnn – unnn – unnn – glauuu – glauuu – blichhhhhh!" schallte es von den Wänden wider.

Wir erstarrten und schwiegen in der Dunkelheit.

„Die Echo-Halle!", flüsterte Niiamano, und selbst dieses Flüstern brach sich in den Felsen als ohrenbetäubendes Rascheln. „Eine Legende unseres Volkes, aber offensichtlich wahr!"

Während ich mich zu fragen begann, welche Legenden sich womöglich sonst noch als wahr erweisen würden, erklangen plötzlich die Stimmen. Diesmal war es kein Echo, sondern ganz eindeutig etwas anderes, und auch meine intensive Furcht war mit einem Mal wieder in voller Stärke zurück.

„Kommt zu uns!", wisperten die Stimmen, „kommt, ihr Fremden!

Ihr seid müde, und wir werden euch laben! Kommt! Kommt zu uns in die Schatten und ruht euch aus!"

Mit einem Mal fühlte ich mich schwer und tatsächlich unsagbar müde, und nur zu gern wäre ich den verlockenden Stimmen gefolgt, wohin auch immer …

„Nicht hinhören!", zischte Niimano uns mit angstgeweiteten Augen zu. „Bleibt standhaft, sonst sind wir verloren! Sie locken uns ins Dunkel, und dann müssen wir auf ewig bei ihnen bleiben!"

Ich wollte gar nicht wissen, wer „sie" waren, ich war nur dankbar, dass Niimano uns aus der Lethargie riß.

„Kommt!", wisperten die dämonischen Stimmen, „kommt zu uns in die Schatten! Kommt!"

Ich sah, wie die Nahirin zu stolpern begannen, und auch Rhea hatte sichtlich Mühe weiterzugehen. Mir wurde plötzlich klar, dass wir rettungslos verloren waren, wenn ich nichts unternahm. Mit Magie ließen sich diese Stimmen nicht abwehren, das spürte ich deutlich, aber ich konnte etwas anderes versuchen. Ich erinnerte mich an eine Flötenmelodie, die auf Aydon oft gespielt wurde, und genau diese Melodie legte ich jetzt in unsere Köpfe, um die Stimmen zu übertönen. Zu meiner Erleichterung funktionierte es. Wir konnten uns von den Stimmen losreißen und einer nach dem anderen stolperten wir hinaus aus der Echo-Halle.

Noch nie zuvor hatte ich solches Entsetzen auf dem Gesicht des sonst so ausgeglichenen Niimano gesehen. „Das war knapp!", keuchte er, „ihr habt uns allen das Leben gerettet!"

Rhea wankte herbei und umarmte mich wortlos.

„Hoffen wir, dass unser Glück anhält", sagte ich, „wir haben noch einen weiten Weg vor uns!"

Das erwies sich leider als nur zu wahr, denn wir liefen noch eine schiere Ewigkeit durch die gespenstischen Gänge der zweiten Ebene, wobei Niimano jetzt deutlich öfter haltmachen mußte, da seine Karten zunehmend ungenauer wurden. Wir legten eine längere Rast ein und marschierten dann zügig weiter, bis wir schließlich an einem riesigen Torbogen anlangten, der von zwei massigen Statuen flankiert wurde, die in jeder Hinsicht grauenerregend waren. Sie stellten dämonische Gestalten dar, die mit düsterem Blick zu uns herunterstarrten.

„Die Wächter!", sagte Niimano mit erstickter Stimme. „Ich hätte sie beinahe vergessen. Sie bewachen den Durchgang zur dritten Ebene."

„Sie sind nur aus Stein!", erklärte einer der Nahirin-Jäger. „Sie können uns nichts anhaben!"

Er trat auf die Statuen zu, doch als er fast unter dem Torbogen angekommen war, sahen wir mit Schrecken, dass sich die Mäuler der steinernen Kreaturen öffneten. Niimano sprang hinzu und zerrte den Jäger von dem Tor weg. Nicht eine Sekunde zu früh, denn aus den Mäulern der Dämonenstatuen schossen zwei feurige Blitze, die krachend auf dem felsigen Boden einschlugen. Gesteinssplitter flogen in alle Richtungen.

„Wirklich sehr effektive Wächter!", keuchte Rhea, „aber wenn Nahirin sie geschaffen haben, dann müßt ihr doch wissen, wie man sie – nun ja, wie man sie ausschaltet."

Niimano lächelte betrübt. „Sie sind tausend Jahre alt. Ich habe keine Ahnung, wie sie konstruiert wurden, geschweige denn, wie man sie ausschaltet."

Auch ich war ratlos. Falls es sich hier um Magie handelte, konnte ich jedenfalls nicht feststellen, wie sie beschaffen war.

„Uns bleibt nur ein magischer Schutzschirm!", verkündete ich. „Ich werde ihn aufspannen, sobald wir durch das Tor treten, und hoffentlich lang genug aufrechterhalten können, bis wir alle hindurch sind!"

„Das ist doch Wahnsinn!", protestierte Rhea. Doch da ihr auch nichts Besseres einfiel, beschlossen wir, es zu riskieren. Auf Niimanos Signal rannten wir alle gemeinsam auf den Torbogen zu. Unmittelbar bevor wir ihn erreichten, schleuderte ich soviel Magie nach oben, wie ich in meinem Inneren zusammenkratzen konnte, und dann ging alles sehr schnell. Ich sah, wie sich die Mäuler der Statuen öffneten, ich sah meine Magie ihre Wirkung entfalten, ich sah die Blitze kommen und am Schutzschirm abprallen und einen Herzschlag später waren wir auf der anderen Seite.

„Gut gemacht, großer Magier!", lobte mich Rhea, während sie noch nach Luft japste, und diesmal klang es kein bißchen ironisch. „Mir graut nur davor, dass wir irgendwann auch wieder zurückmüssen."

„Vielleicht müssen wir das nicht", sagte ich. „Ich kann nach wie vor die Oberwelt und die Ausgänge spüren, und ich gehe davon aus, dass wir noch andere Wege finden werden, die uns hinausführen."

„Wenn sich eure Empfindungen irgendwie mit meinen Karten decken, dann ganz bestimmt", erklärte Niimano und lächelte zuversichtlich. Ich sah Dankbarkeit und Respekt in seinem Blick, und gebe gerne zu, dass ich stolz und erleichtert war. Bis zuletzt war ich nämlich keineswegs sicher gewesen, ob mein Schutzschirm halten würde.

Nun waren wir also endlich auf der dritten Ebene, auf der wir das Schwert zu finden hofften, und hier wurde das Gefühl, in eine Wolke aus dunkler Magie eingehüllt zu sein, noch einmal deutlich stärker. Inzwischen aber hatte ich mich zumindest so weit daran gewöhnt, dass es meinen Verstand und mein Urteilsvermögen nicht trüben würde.

Dennoch – als wir die nächste Halle erreichten, ließ mich das, was wir dort sahen, wieder einmal gewaltig zusammenzucken. Auf dem Boden verstreut lagen tote Nahirin-Krieger. Wir hatten wohl die Teilnehmer jener Expedition vor uns, die seit zweihundert Jahren als verschollen galt. Doch wie war es möglich, dass ihre Körper unversehrt und nicht längst zu Staub zerfallen waren? Als wir näher herantraten, konnten wir endlich sehen, was ihnen widerfahren war – sie waren versteinert. Jeder einzelne von ihnen war offenbar in der Bewegung zu Stein erstarrt und dann einfach umgekippt. Nacktes Grauen ergriff mich.

„Was ist hier nur passiert?", flüsterte Rhea, und im selben Moment wurde mir klar, wie die Antwort lauten mußte.

„Schnell, raus aus dieser Halle!", schrie ich. „Zurück zum Eingang!"

Sekunden später waren wir wieder draußen und Niimano ergriff mich an der Schulter. „Was lauert dort drinnen auf uns?", fragte er mich mit heiserer Stimme.

„Eine Medusa", sagte ich. „Vielleicht ist sie längst tot, aber nur eine Medusa kann so etwas anrichten."

Niemand von uns sagte ein Wort. Wir hatten alle die Legenden von jenen schrecklichen Wesen gehört, die sich Medusen nannten – dämonische Kreaturen, auf deren Kopf sich statt Haaren lebende Schlangen befanden und deren Blick jedes Lebewesen zu Stein erstarren ließ. Für gewöhnlich hausten sie viel weiter südlich, auf abgelegenen Inseln oder Bergen, aber wie hatte mein alter Lehrmeister Yoro immer so schön gesagt: Ausnahmen bestätigen die Regel!

Ich blickte ernst in die Runde. „Wie gesagt, vielleicht ist sie längst fort oder tot, aber wir dürfen kein Risiko eingehen. Wenn wir die Halle durchqueren, werde ich erneut einen magischen Schirm aufspannen, diesmal um uns herum. Das sollte helfen. Und was auch immer passiert, haltet den Blick gesenkt, bis wir auf der anderen Seite sind!"

Wortloses Nicken rundum antwortete mir.

Wir betraten die Halle erneut, ich wirkte einen Zauber um uns herum, und dann machten wir uns schnellen Schrittes auf den Weg. Es dauerte nicht lang, bis ich spürte, dass sich etwas in den Schatten verbarg. Meine Hoffnung, die Medusa wäre tot, war eine Illusion gewesen. Sie war nach wie vor in dieser Höhle und sehr lebendig. Doch offenbar gab es für sie keine Möglichkeit, durch den magischen Schirm zu uns vorzudringen. Aus dem Augenwinkel sah ich schemenhafte Bewegungen an der Höhlenwand, den massigen Körper, der sich neben uns herschob und die sich windenden Schlangen auf ihrem Haupt. Sofort senkte ich den Blick. Ich wollte das Schicksal nicht herausfordern. Die Schlangen zischten und auch die Medusa selbst ließ ein kehliges Fauchen hören, ein Geräusch, das ich heute noch im Ohr habe, und das mir durch Mark und Bein ging und so verdammt nahe war, dass sie wohl nur wenige Meter von uns entfernt sein konnte. Wäre der magische Schild nicht gewesen, hätte unsere Reise wohl in genau diesem Moment ihr Ende gefunden, doch wir erreichten heil die andere Seite und den Ausgang. Das Fauchen der Medusa blieb hinter uns zurück. Sie konnte oder wollte offenbar ihre Grotte nicht verlassen. Völlig erschöpft sank ich in die Knie, nachdem ich den magischen Schirm wieder geschlossen hatte. Dennoch stolperten wir noch ein gutes Stück weiter, ehe wir uns sicher genug fühlten, ein wenig zu rasten. Rhea verabreichte uns allen ein wenig von ihren Kräutern, um uns zu beleben.

Wir berieten uns. Allmählich wurde es hier wirklich ungemütlich. Die Bedrohungen, denen wir ausgesetzt waren, hatten ein Ausmaß angenommen, das uns am Gelingen unserer Mission zweifeln ließ.

„Dennoch", sagte Niimano, „die dritte Ebene wurde nie vollendet und ist daher deutlich kleiner als die beiden anderen. Wenn das Grab des Berendianur nicht nur ein Mythos ist, dann müßten wir bald dort sein."

Nach den Erlebnissen der letzten Zeit waren wir alle bereit zu glauben, dass auch dieser letzte Teil der Geschichte auf Wahrheit beruhte, also war der Beschluß, es zu Ende zu bringen, schnell gefasst. Wir marschierten noch eine geraume Weile weiter, dann betraten wir einen Saal, in dessen Mitte sich ein steinerner Sockel erhob. Wir wagten es kaum zu hoffen – war dies endlich das Ziel unserer Reise? Sahen wir vor uns das Grab des legendären Königs?

Als wir den Sockel erreicht hatten, stellten wir im Licht der Fackeln fest, dass auf ihm tatsächlich ein wuchtiger Sarkophag aus Stein ruhte, aber war es der richtige?

Zeichen einer mir völlig unbekannten Schrift waren in den Sockel eingraviert. Niimano aber erkannte sie als alte Nahirin-Runen und ein Leuchten ging über sein Gesicht.

Er las uns vor, was da geschrieben stand: „Berendianur, Held des Westens, König aller Könige." Er schnaufte freudig. „Wir sind am Ziel! Das ist der Sarkophag!"

Erleichtert und fröhlich lachend fielen wir einander in die Arme. Wir hatten es tatsächlich geschafft!

„Jetzt müssen wir nur noch irgendwie den Deckel des Sarkophages aufbekommen", meinte Rhea, „dann entnehmen wir das Schwert und nichts wie weg von hier!"

Darin stimmten wir ihr alle zu, doch als wir zu dem Sarkophag emporblickten, erkannten wir ziemlich schnell, dass etwas nicht stimmte.

„Den Deckel brauchen wir nicht zu öffnen", stellte Niimano fest, „der ist bereits zur Seite geschoben."

Ich hatte eine dunkle Vorahnung, stemmte mich am Sockel hoch und blickte in das Innere des Sarkophags. Meine Befürchtung bewahrheitete sich. „Er ist leer. Kein Schwert, nicht einmal ein König. Nichts!"

„Aber das kann doch nicht sein!", keuchte Rhea. „Ist uns jemand zuvorgekommen?" Sie klatschte in die Hände. „Natürlich! Die versteinerten Nahirin-Krieger! Sie müssen bereits auf dem Rückweg gewesen sein, und das Schwert liegt jetzt irgendwo in der Grotte der Medusa!"

„Ihr gütigen Götter!", ächzte Niimano. „Bloß das nicht!"

Ich schüttelte den Kopf. „Das glaube ich nicht. Die wären doch nie freiwillig ein zweites Mal da rein gegangen! Und es fehlt ja nicht nur das Schwert. Auch die sterblichen Überreste des Königs sind fort. Die Nahirin hätten doch bestimmt nicht auch noch seine Knochen mitgenommen!"

„Aber wer hat dann …?" Rhea war ratlos, und mir ging es nicht anders. Jedenfalls bis zu dem Moment, als ich das rätselhafte Geräusch in den Schatten hinter mir hörte. Ein Knirschen und Schaben, als ob etwas über den Boden schleifte. Ich drehte mich um. Und da wurde mir klar, wo König Berendianur geblieben war. Er stand nämlich direkt hinter mir, jedenfalls das, was von ihm noch übrig war – ein mit vermoderten Lederfetzen bekleidetes Skelett, das nicht, wie es sich gehörte, in seinem Grab lag, sondern langsam auf mich zuschlurfte, drohend genau jenes Schwert in der rechten Hand, für das wir diese Reise unternommen hatten. Natürlich, es ergab Sinn! Berendianurs Leiche war jahrhundertelang der dunklen Magie dieses Ortes ausgesetzt gewesen, und irgendwann als Untoter wieder aus dem Grab geklettert. Ich hätte es eigentlich wissen müssen.

Niimano faßte sich als Erster. „Seid gegrüßt, ehrwürdiger Urahn!", sagte er zu dem Skelett. „Verzeiht die Störung, aber wir kommen mit einer großen Bitte …"

Der Untote quittierte die höfliche Rede mit einem Angriff. Mit einer für sein hohes Alter verblüffenden Geschwindigkeit raste der Skelett-König auf Niimano zu und schlug mit dem Schwert nach ihm. In letzter Sekunde brachte sich der Nahirin mit einer Hechtrolle in Sicherheit. Rhea schrie entsetzt auf.

Der Kampf, der sich jetzt in diesem Saal entspann, war bizarr. Die Nahirin griffen das Skelett gleichzeitig an, hatten mit ihren Pfeilen und Messern aber keine Chance gegen den Untoten, der mit unglaublicher Behendigkeit zwischen ihnen hin und her sprang und schließlich den Ersten von ihnen niederstreckte. Mir war klar, dass wir einem Desaster ins Auge sahen, wenn mir nicht schnell etwas einfiel. Gegen die uralte Magie, die hier wirkte, konnte ich nicht das Geringste ausrichten, also mußte ich etwas anderes versuchen.

„Niimano!", brüllte ich durch den Saal. „Wir müssen ihm irgendwie das Schwert abnehmen! Es ist eine magische Waffe, und ohne sie wird er schwächer! Beschäftigt ihn und lenkt ihn ab, während ich ihn angreife!"

Niimano verstand und sprang vor dem Skelett hin und her, sodass der Untote nicht wußte, wohin er als Erstes schlagen sollte. In der Zwischenzeit pirschte ich mich von hinten heran und hob mein eigenes Schwert, immerhin auch nicht das schlechteste Exemplar, und seit Jahren ein treuer Begleiter. Mit einem gezielten Hieb trennte ich dem Skelett den Schädel vom Rumpf. Berendianurs Kopf flog in hohem Bogen in die Dunkelheit, doch der Rest von ihm wehrte sich immer noch ganz erheblich. Inzwischen hingen aber schon drei Nahirin wie Kletten an ihm und zwangen ihn zu Boden, wo ich ihm schließlich mit einem weiteren Hieb sein Schwert aus der Knochenhand schlug. Niimano machte einen Satz und riß die magische Waffe an sich. Sekunden später ließ er einen mächtigen Schlag auf den Untoten niedergehen, und das Skelett zerbarst in hundert Stücke. „Verzeiht mir, mein König!", hauchte der Nahirin.

Keuchend sanken wir zu Boden. Einen Moment warteten wir, ob der Untote sich möglicherweise irgendwie sammeln und wieder erheben würde, doch das geschah nicht. Die Knochen blieben liegen, wo sie gelandet waren. Es war vorbei. Das magische Schwert, geführt von einem Nachfahren Berendianurs, hatte den Bann gebrochen.

Was blieb uns zu tun? Niimano steckte das Schwert, das wir endlich, nach so vielen Mühen, errungen hatten, in die Scheide, die wir eigens zu diesem Zweck mitgebracht hatten und hängte es sich um, wobei er sich mit leisem Murmeln bei seinem Vorfahr entschuldigte und ihn um Verständnis bat. Die anderen Nahirin sammelten inzwischen die Knochen ihres legendären Königs ein. Danach wurden sie wieder im Sarkophag verstaut, in den die Nahirin zu guter Letzt auch noch ihren gefallenen Gefährten legten. Dann wurde der Deckel des Grabes geschlossen, und Berendianur hatte seine Ruhe wiedergefunden – diesmal hoffentlich auf Dauer.

„Es wird Zeit, diese gastliche Stätte zu verlassen", erklärte Rhea schließlich. „Ich will jetzt nur noch weg von hier und zurück ins Tageslicht."

Niemand widersprach.

„Was zeigen eure Karten?", fragte ich Niimano. „Ich will kein zweites Mal an der Medusa vorbei! Gibt es hier einen Hinterausgang?"

Der Nahirin ließ ein trockenes Lachen hören. „Wenn es nach meinen Karten geht, existiert dieser Saal überhaupt nicht. Aber mein Instinkt sagt mir, es gibt einen zweiten Ausgang."

„Sehr gut, meiner auch", bestätigte ich.

Wir sollten recht behalten. Es gab einen anderen Ausgang, mit einem steilen Gang dahinter, und dieser führte uns zügig fort von der dritten Ebene. Niimano mußte zugeben, dass ihn seine Wegekarten jetzt völlig im Stich ließen, aber ich konnte dafür die Oberwelt wieder deutlich spüren. Es ging aufwärts mit uns, im wahrsten Sinne des Wortes. Wir eilten abermals durch Stollen und Höhlen. Irgendwann wurden wir zwar von einer riesigen Kreatur überfallen, die entfernt an eine Spinne erinnerte, aber als ich dem haarigen Biest eine gehörige Portion meiner Magie um die Ohren schleuderte, ließ es schnell von uns ab und zog sich wieder ins Dunkel zurück.

Unbeschadet erreichten wir die erste Ebene, und jetzt konnten wir zum ersten mal nach langer Zeit wieder ruhig durchatmen. Wir fanden eine weitere Kammer mit leuchtenden Pilzen, von denen Rhea einige als essbar erkannte. Sie waren zwar nicht sehr nahrhaft, aber es war besser als nichts, angesichts unserer bereits sehr dezimierten Vorräte.

Und dann, endlich, war es soweit. Wir sahen Licht vor uns, kurz danach krochen wir durch Geröll und Gebüsch, und schneller, als wir es selbst fassen konnten, standen wir im Freien, irgendwo in den Weiten des Erm-Gebirges. Ich hatte fast vergessen, wie herrlich doch frische Luft war, und sog mir die Lungen voll. Im Westen stand die Sonne schon tief.

„Merkwürdig", sagte Niimano nachdenklich. „Ich kenne die Gegend hier ganz gut, aber wäre nie im Leben auf die Idee gekommen, dass es hier einen Zugang zu den Tiefen gibt. Betreten haben wir sie jedenfalls viel weiter nördlich. Wir müssen eine gehörige Wegstrecke zurückgelegt haben."

Später sollten wir erfahren, dass wir über eine Woche unter Tage gewesen waren. Dass unsere Fackeln bis zuletzt mitgespielt hatten, kann ich im Nachhinein nur als ein Wunder ansehen.

Und dies war das Ende unserer bemerkenswerten Expedition. Wir kehrten nach Oukenac-Tiaach zurück, wo wir alle sofort in einen langen, tiefen und erholsamen Schlaf fielen. Erst jetzt war mir klar geworden, dass ich mit meinen Kräften eigentlich am Ende war.

Was gibt es noch zu sagen? Mit gehöriger Verspätung kamen Rhea und ich nach Aydon zurück, während die Nahirin mit ihrem magischen Schwert, geführt von Carsanas Hand, die Menschen des Nordens von ihrem Wald fernhielten. Die Prophezeiung der Legende hatte sich erfüllt. Ein Jahr später endete der Krieg im Norden und im Tyrfing begann eine lange Ära des Friedens. Sie dauert immer noch an, jedenfalls ist mir nichts Gegenteiliges zu Ohren gekommen."

Der alte Magier war mit seiner Erzählung zu Ende. Seine Tochter Arane, die geduldig zugehört hatte, schwieg lange, schüttelte den Kopf und meinte dann nachdenklich: „Das war ja wieder einmal eine ganz und gar unfassbare Geschichte. Wie viel davon ist denn diesmal wahr?"

Rhea lachte. „Ich war dabei und kann bestätigen, dass dir dein Vater alles korrekt berichtet hat – im Großen und Ganzen jedenfalls."

Arane lächelte. „Dann kommt jetzt wohl der Satz, den er an dieser Stelle immer sagt: Wenn ich noch jünger wäre …"

Falke nickte zustimmend. „In der Tat. Wenn ich noch jünger wäre, dann würde ich wohl …"

„Nein, würdest du nicht!", unterbrach ihn Rhea. „Du würdest auf keinen Fall in diese schaurige Unterwelt zurückkehren, denn das könnte ich niemals zulassen. Niemals, hörst du? Hüte dich vor meinem Zorn, großer Magier, wenn wir schon von Gefahren sprechen!"

Und damit nahm sie ihm sanft die Schriftrolle aus der Hand und legte sie ins Regal zurück.

Kind der Sonne

Der Abend hatte sich herabgesenkt. Die Karawane machte an einem Wasserloch zwischen zwei großen Sanddünen halt, und die Männer begannen, die Zelte für das Nachtlager zu errichten. Der Magier Elichas half ihnen dabei und nahm danach mit ihnen zusammen das Abendessen ein. Es war eine karge Mahlzeit, die nur aus einigen Trockenfrüchten bestand, denn frisches Fladenbrot würde erst am Morgen gebacken werden. Der starke schwarze Tee, den der Karawanenführer persönlich ausschenkte, schmeckte herrlich würzig und erfrischend.

Nach dem Essen saßen die Männer um das Lagerfeuer und unterhielten sich. Elichas indes verließ bald die Runde. Er entfernte sich vom Feuer und trat aus dem Zeltlager hinaus. Das helle Licht des Vollmondes strahlte über den Dünen der südlichen Wüste von Elrin, und nun konnte der Magier deutlich die uralten Mauern erkennen, die vor ihm aus dem Sand ragten. Es waren die spärlichen Überreste einer Stadt, und Elichas spürte Gänsehaut im Nacken. Er war am Ziel. Sie hatten tatsächlich die Ruinen von Asir erreicht, wie es der Karawanenführer am Nachmittag vorhergesagt hatte.

„Heute Abend werden wir in der Nähe von Asir rasten", hatte der alte Händler erklärt. „Doch wir werden die Stätte nicht betreten. Geister hausen dort."

Diese Worte hatten Elichas nicht überrascht, denn er wußte, wie tief Aberglaube und Angst vor bösen Geistern der Wüste bei den Völkern des Südens verwurzelt waren. Aus demselben Grund hatte er daher seinen Reisegefährten bis jetzt verschwiegen, dass er ein Magier war. Er hatte sich ihnen auf einem Markt in Helioporta als Kaufmann vorgestellt, der sie auf der Suche nach seltenen Mineralien auf ihrer Reise in die Wüste begleiten wollte, wo die Karawane das wertvolle Steinöl abfüllen würde, mit dem die Völker des südlichen Elrin ihre Lampen befüllten. Da Elichas aufgrund seiner Herkunft von der Insel Aydon sehr südländisch wirkte und auch die Sprache des Südens fast akzentfrei beherrschte, hatte er bei dem Karawanenführer kein Mißtrauen erweckt. Es schmerzte Elichas, dass er den alten Mann und seine Gefährten belügen und täuschen mußte, doch ihm blieb keine

Wahl. Hätten die fahrenden Kaufleute gewußt, dass er in Wahrheit ein Magier war, den die Akademie in Thormund beauftragt hatte, das Geheimnis von Asir zu lüften, hätte er wohl nicht lange zu leben gehabt. Die Völker des Südens betrachteten Magier als etwas Gefährliches und Böses, ein Urteil, das sich seit den Tagen des Dämonenkrieges noch vertieft hatte.

Elichas trat auf die alten Mauersteine zu und legte vorsichtig seine rechte Hand auf einen von ihnen. Erneut überkam ihn Gänsehaut. Wenn die Theorie seiner Kollegen in Thormund stimmte, waren diese Ruinen älter als viertausend Jahre und hatten schon verlassen dagelegen, als die ersten Seefahrer aus Altan das fast menschenleere Elrin neu besiedelt hatten. Für das hohe Alter der Stadt sprach auch der Name, den sie in der Sprache der Wüstenvölker trug, denn „Asir" bedeutete lediglich „Die Alte". Der wirkliche Name der Stadt war also längst vergessen, und die spärlichen Überreste, die Elichas im Schein des Mondes vor sich sah, waren wohl nur ein winziger Bruchteil von etwas, dessen Rest inzwischen vom Sand verschlungen worden war. In Thormund, der Magierfestung hoch im Norden, wurde schon lange vermutet, dass Asir womöglich aus derselben Zeit stammte wie die Ruinenstadt Selen'ara im Wald Tyrfing, vielleicht sogar in derselben rätselhaften Mond-Kultur ihren Ursprung hatte. Bisher hatte die Beschäftigung mit dieser Frage nur wenige Gelehrte interessiert, doch das war nun anders. Seit der uralte nördliche Vulkan Kvelnir wieder Rauch ausstieß und seine Asche bis auf die Fensterbänke der Wohnstuben von Thormund blies, erinnerte man sich dort wieder der alten Legenden, wonach die Kultur von Selen'ara einst durch eine gewaltige Katastrophe ausgelöscht worden sein sollte.

Vor einem Monat hatte Urgal, der Großmeister von Thormund, Elichas zur Seite genommen, um vertraulich mit seinem alten Freund zu sprechen. Bis vor einigen Jahren hatten Elichas und Urgal zusammen mit zwei anderen Magiern Thormund als Viererkollegium geleitet, und aus dieser Zeit rührte ein starkes Vertrauen zwischen den beiden.

„Wir sind doch einer Meinung, dass Kvelnirs plötzliche Aktivität nach tausend Jahren Stille ein Zeichen ist", hatte Urgal gemeint. „Was sagt die Erdgöttin dazu? Du, den man den Erdmagier nennt, mußt es doch wissen!"

„Ich hatte in der Tat beunruhigende Träume", hatte Elichas erwidert, „Doch in keinem davon konnte ich eine Botschaft der Großen Mutter empfangen. Dennoch, ich gebe dir Recht. Kvelnirs Rauchsäule steht uns als tägliche Warnung vor Augen. Etwas Furchtbares könnte passieren, eine Naturkatastrophe, auf die niemand im Norden Elrins vorbereitet ist."

„Dann müssen wir handeln", hatte Urgal mit finsterem Blick gesagt, „Und zwar rasch, ehe es zu spät ist. Denk an Selen'ara!"

Urgal und Elichas gehörten zu den wenigen, die an den Untergang der alten Kultur durch eine Naturkatastrophe glaubten. In ihren Augen konnte nur ein Erdbeben oder ein gewaltiger Vulkanausbruch dazu geführt haben, dass Selen'ara zerstört worden war und sich die letzten Überlebenden mit den primitiven Nordvölkern vermischt hatten. Als die Altaner Elrin in Besitz nahmen, hatten sie nur noch eine dünne Besiedlung vorgefunden, die kulturell fast auf dem Niveau von Höhlenmenschen gestanden hatte.

So war Elichas nach Helioporta gereist und von dort in die Wüste. In Asir hoffte er herauszufinden, ob diese alte Ruinenstadt und Selen'ara von derselben Kultur stammten, und was ihr Ende verursacht hatte. Nun war es soweit.

Er verstärkte seinen Druck auf den Stein und schloß die Augen.

„Man nennt mich den Erdmagier", formulierte er in Gedanken. „Ich kann die Worte der Steine verstehen, und wenn du mir etwas erzählen willst, dann tu es jetzt. Ich werde dir zuhören."

Zunächst geschah gar nichts, und Elichas verspürte Enttäuschung. Sollte seine Reise umsonst gewesen sein? Doch plötzlich regte sich etwas, und dann hörte er in seinem Kopf die Stimme einer jungen Frau.

„Ich bin ein Kind der Sonne", sagte sie. „Doch frage mich nicht nach meinem Namen. Ich weiß ihn nicht mehr. Es liegt alles so lange zurück. So lange ..."

Plötzlich sah Elichas Bilder vor seinem geistigen Auge, eine riesige, prachtvolle Stadt voller exotischer Tempel und Paläste inmitten grüner Wälder, bevölkert von braungebrannten, hochgewachsenen Menschen in bunten, leichten Gewändern. Alles wirkte so fremdartig und faszinierend schön ... Elichas wußte, dass er Asir erblickte, wie es vor über viertausend Jahren ausgesehen haben mußte.

„Ich bin glücklich hier", sagte die Frauenstimme. „Unser Leben ist schön. Kerenn ist ein mächtiger Feldherr, und bald werden wir heiraten ..."

Die Stimme erstarb, das prachtvolle Bild verschwamm, und plötzlich sah Elichas etwas anderes: Geschwärzte Ruinen, rauchende Trümmer, eine menschenleere Ödnis.

„Wo ist Kerenn?", meldete sich die Stimme wieder. „Oh, ich kann meinen Liebling nicht finden. Ich habe ihn verloren ..." Die Stimme schluchzte jetzt. „Kerenn, wo bist du? Wo sind nur alle geblieben? Mein goldenes Molnin'ara, was ist nur aus dir geworden? Sind denn wirklich alle tot ...?"

Erneut änderte sich das Bild vor Elichas' geistigem Auge, er sah nun eine weite Ebene, gewaltige Ruinen, halb schon von Sand und Geröll verschluckt.

„Alles ist so lange her ...", flüsterte die Stimme. „So lange ... ich erinnere mich nicht mehr ... nicht einmal an meinen eigenen Namen ... dies ist nicht mehr meine Welt. Warum hast du mich hierher zurückgeholt, fremder Magier? Ich muß fort ... fort ..."

Die Stimme erstarb, das Bild erlosch. Langsam öffnete Elichas die Augen. Wie betäubt von der machtvollen Vision, nahm er langsam die Hand von dem uralten Stein, der im Mondlicht schwarz glitzerte inmitten des Nichts, das einmal eine prachtvolle Stadt gewesen war. Molnin'ara, das also war der wirkliche Name von Asir. Und die kulturelle Verbindung mit Selen'ara, der Mondstadt im Tyrfing, lag auf der Hand. Ein Kind der Sonne? War Molnin etwa das Wort für Sonne, im Unterschied zu Selen, dem Mond, dem Namensgeber der Mondstadt? Welche Katastrophe hatte diese einst machtvollen Städte von der Landkarte getilgt? Wodurch war das Feuer ausgelöst worden? Waren es fremde Krieger gewesen oder doch ein Vulkanausbruch? Hier in der Wüste allerdings würde Elichas keine Antworten mehr bekommen, das schien ihm sicher. Die Ruinenstadt hatte ihm offenbart, was es hier noch zu erfahren gab, die Mosaiksteine aber müßten an einem anderen Ort zusammengesetzt werden.

Elichas mußte plötzlich an seine Heimat, die heilige Insel Aydon, denken. Seine Eltern lebten dort und seine hochbetagten Großeltern, der legendäre Magier Falke und die Oberpriesterin Rhea. Sie konnte er um Hilfe bitten. Vielleicht fand sich in der labyrinthischen Tempelbibliothek von Aydon irgendein Hinweis auf Molnin'ara. Nun, da er wußte, wonach er zu suchen hatte, konnte er seine Forschungen in eine völlig neue Richtung lenken. Instinktiv berührte er den Druna-

Stein, der an einer Kette um seinen Hals hing, das Geschenk, das ihm die Erdgöttin vor zwei Jahren gemacht hatte.

Elichas seufzte. Er fühlte sich plötzlich uralt, und es überkam ihn das Gefühl, einer aussterbenden Gattung anzugehören. In den letzten Jahrzehnten hatte die Zunft der Magier von Thormund rapide an Macht verloren. Fast aller kultureller Einfluß lag nun bei jenen Schriftgelehrten, die auf der Insel Aydon ausgebildet worden waren, wie es schon vor tausend Jahren gewesen war, bevor die dunklen Jahrhunderte der Kriege gekommen waren. Längst gab es an den Fürstenhöfen Elrins keine Hofmagier mehr, wie etwa einst Yoro, den Lehrmeister seines Großvaters Falke. Zauberkundige Männer brauchte die Welt nicht mehr. Die Zukunft gehörte schriftkundigen Frauen vom Schlage seiner Großmutter Rhea. Mit dem Wissen und dem Einfluß dieser Frauen konnte heute kein Magier mehr mithalten. Wir waren die Platzhalter, dachte Elichas. Wir gaben den Völkern Hoffnung in den Jahrhunderten des Verfalls, doch nun werden wir von der neuen Zeit überrollt und sind selbst schuld daran. Wir waren die letzten dreißig Jahre nur mit uns selbst beschäftigt, mit unseren Intrigen, Theorien und Disputen und haben einfach den Anschluß verpaßt. Aber was auch immer nun die Zukunft bringen mochte – er würde jedenfalls weiterhin seine Pflichten erfüllen. Dennoch überkam ihn für einen Moment der Gedanke, wie schön es wäre, alles hinter sich zu lassen und als einfacher Obstbauer heimzukehren zu den Inselhainen seiner Kindheit, wo ein milder Wind durch die Äste der Bäume strich und das Leben leicht war.

Elichas blinzelte in die ersten Strahlen der aufgehenden Sonne. Die Nacht war schon vorüber? Er hatte während seiner Vision nicht wahrgenommen, wie schnell die Zeit in der realen Welt vergangen war. Im Lager schien man gar nicht bemerkt zu haben, dass er nicht zu seinem Zelt zurückgekehrt war, denn offenbar suchte man nicht nach ihm.

Er gab sich einen Ruck, wandte sich ab von den Ruinen der uralten Stadt und ging langsam zurück zum Lager. Sein Körper warf im schrägen Licht der aufgehenden Sonne einen langen, spitzen Schatten in den Sand. Ein leichter Wind kam auf. Elichas hob den Kopf und blickte in das Violett der Dämmerung. Vor ihm erwachte mit leisen Gesprächen und dem Klappern von Blechpfannen, mit all den vertrauten Geräuschen aus dem Lager seiner Gefährten ein neuer Tag zum Leben.

Teil 4: Lyrischer Zyklus (Gedichte)

Buch und Regentropfen

Das Buch, das dich auswählt,
und der Regentropfen
auf dem Lindenblatt
vor deinem Fenster,
sie sind sich ähnlich –
Denn es kann dir geschehen,
dass in ihrer vollendeten Form
das ganze Weltgebäude
du gespiegelt findest.

frieden

zwei staatsmänner
sprachen vom frieden
vom frieden
vom frieden
ich kann
ihre worte
kaum verstehen
im lärm der geschütze

Generationen

Generationen kommen und gehen
in rascher Folge.
Ein Jahrhundert,
nur ein Augenblick.
Kaum, dass ich mich selbst erkannt,
bin auch ich dahin.
Werden jene, die nach mir kommen,
sich dieselben Fragen stellen,
die einst mich bewegten?

Zerfallene Paläste

Rom, deine sieben Hügel
sahen den Glanz der Welt.
Deine Mauern erinnern sich
an die Triumphe.
Wo sind die Caesaren heute?
Sie wohnen nicht mehr
in den zerfallenen Palästen.
Ihr Lorbeer ist mit ihnen
in den Staub gesunken.
Die leeren Tempel waren
die Steinbrüche der Mönche.
Sic transit gloria mundi.
Bedenke, dass du sterben musst.

Der Baum

Tief im Herzen
des unermesslichen Waldes,
auf einer verborgenen Lichtung,
so sagt man,
steht ein Baum,
mächtiger als alle anderen.
Seine Äste
scheinen nach der Sonne zu greifen
und Mond und Sterne zu berühren.
Seine Wurzeln reichen hinab
zu den tiefsten Mysterien.
Der Wind in seinen Zweigen
singt Lieder aus der alten Welt.
Wanderer, schätze dich glücklich,
wenn du die Lichtung finden darfst
und eine Frage frei hast
an die Schöpfung.

Mondnacht

Der Mond
schickt seine Silberstrahlen
durch Zweige und Geäst,
die im Sommerwind
sich sachte regen,
als wär's ein Tanz
zu einer Melodie,
die der Nachthimmel singt.
Wer die Nacht durchstreift,
Tier oder Mensch,
kennt dieses Lied,
wie auch ich,
der ich umfangen bin
vom süßen Licht.

Nebelpfade

Nebel ist heraufgezogen,
durchwebt die Nacht mit Silberschleiern.
Mein Weg führt hindurch.
Was mag sich darin verbergen?
Mich reizt der Gedanke:
Heut Nacht bin ich selbst
ein Nebelgeschöpf!

Nebelpoesie für Hypochonder

Der Natur sag ich: Hab Dank,
der Nebel ist sehr schön!
Doch macht das Zeug bronchial mich krank,
drum möcht' ich nicht nach draußen gehn!

Wellness-Ballade

Ich bin fit, und ich bin fesch,
bin sehr stark und auch sehr resch,
habe einen tollen Leib,
weil ich nämlich Sport betreib!

Ich bin muskulös und schön,
das kommt vom Jumping, Rafting,
Däumchendrehn!

Doch letztes Jahr der Bänderriss,
der war schon ein rechtes G'schiss.
Und später bin beim Lauf im Wald
ich gegen einen Baum geknallt.

Doch kein Opfer ist zu groß,
jetzt geht es erst richtig los!
Denn grade wenn es knirscht und kracht,
spür ich, wie Wellness glücklich macht!

Tagebucheintrag eines Einzellers

Bin recht zufrieden mit der Welt.
Doch heute scheint es mir,
ich sollte größer denken,
in neuen Dimensionen!
So plane ich für morgen,
was ich noch nie gewagt:
Zellteilung nennt man das!
Da wird die Mikrobe von nebenan
vor Neid erblassen!

Die Schildkröte

In sich ruhend und bedächtig,
manchmal flinker als man meint.
Versteckt im Panzer,
wenn sich's draußen nicht lohnt –
ein kluges Tier, wie mir scheint!

Advent-Problem

Ach komm doch
schneller hergezogen,
Weihnachten, du heil'ge Nacht!
Doch bist du
leider rasch entflogen –
drum komm nur langsam,
nah dich sacht!

Fazit

Hohle Thesen, leere Phrasen,
die hektisch durch den Äther rasen;
Kommentare ohne Sinn,
derer ich überdrüssig bin.
Noch mehr Worte braucht es nicht –
nur die Natur ist ein Gedicht!

Auf Nebelpfaden unterwegs
oder ein Nachwort

Wer bis hierher gelesen hat, aber jetzt seine Ruhe haben möchte, dem sage ich herzliche Grüße, und das war's auch schon. Sollten Sie jedoch die Muße haben, mir noch ein wenig Ihrer Zeit zu opfern, verrate ich Ihnen ein paar Hintergründe zu der Reise auf den Nebelpfaden, die wir gemeinsam unternommen haben.

„Auf fernen Nebelpfaden" – das ist nicht nur das inhaltliche Motto der in diesem Band versammelten Geschichten und Gedichte (da sie zumeist auf ungewohntes Terrain führen), auch die Texte selbst haben verschlungene Pfade hinter sich. Ihnen allen ist gemeinsam, dass sie in unterschiedlichsten Phasen meines Lebens entstanden und in verschiedenen Fassungen nach und nach veröffentlicht wurden.

Die beiden historischen Kurzgeschichten „Ein Anfang" und „Ein Ende" etwa erschienen erstmals im Jahr 2010 und wurden seither mehrfach umgeschrieben. So weit wie möglich faktentreu sind sie beide. Das Bild des jungen Lincoln als stets lesenden Waldarbeiter zeichnet der Cousin des Präsidenten in seinen Erinnerungen. Die Berichte über die Ermordung Ciceros gehen auseinander. Ich habe mich der Schilderung des Titus Livius angeschlossen, der dem Staatsmann noch einige kokette Worte an seinen Henker in den Mund legt. Gut möglich, dass es genau so abgelaufen ist.

Authentisch ist auch die Linde in „Der Baum und der Regen". Es gibt sie wirklich, und sie steht tatsächlich vor meinem Küchenfenster. Die Geschichte soll aber nicht nur zum genauen Beobachten der Natur ermuntern, sie ist zugleich eine Hommage an den großen Italo Calvino. (Darüber hinaus liegen mir Bäume generell besonders am Herzen – manche LeserInnen werden es bemerkt haben …)

Dass die Ereignisse in „Gespräch mit einem Holzwurm" und „Im Spiegel" nur meiner Freude am Fabulieren geschuldet sind, liegt nahe. Ich erwähne es dennoch explizit, damit nicht besorgte Zeitgenossen anfangen, sich nach meinem geistigen Befinden zu erkundigen.

An ein eher jüngeres Publikum richtet sich die Geschichte um den geheimnisvollen Onkel Kilian, die in ihrer ursprünglichen Fassung aus den tiefen Neunzigerjahren stammt und zunächst nur für den privaten Gebrauch in der Familie bestimmt war. Der gute Kilian brachte es auf insgesamt neun Weihnachts- und Ostergeschichten, veröffentlicht wurde aber (nach gründlicher Überarbeitung) bis heute nur die hier vorliegende aus dem Jahr 1995, und zwar erstmals 2024 in der Weihnachts-Anthologie „Am Morgen nach dem Schneefall".

Ein noch älterer Begleiter als Kilian ist für mich der egozentrische Privatdetektiv John Coxlie. Ich erfand ihn bereits 1985, und es entstand eine wahre Flut an Kurzgeschichten mit ihm. Zu seiner Ehrenrettung sei gesagt, dass er sich nicht immer so ungeschickt anstellt wie in der Sache mit dem Perserteppich.

Im wahrsten Sinn des Wortes ein eigenes Kapitel ist die Auswahl an Texten aus meinem Kabarett-Programm „Wahrheiten und anderer Nonsens". In den Jahren 2011 bis 2019 tingelte ich damit durch Wiener Clubs und Kellertheater. Oft handelte es sich um „gemischte Abende", bei denen auch Musiker an Bord waren, und die Stimmung war in der Regel sehr positiv und voller Zuspruch. Unvergessen bleibt mir freilich auch jener Abend, an dem sich nur acht Leute in den Saal verirrt hatten, davon die Hälfte besoffen. Da hätten dann auch profunde Kenner der Szene nicht mehr unterscheiden können, ob das Kabarett jetzt auf oder doch eher vor der Bühne stattfand.

Gemeinsam haben die humorigen Texte vor allem eines: Sie wurden in dieser Form nie vorgetragen. Ich neige nämlich dazu, meine Skripte nur als unverbindliche Empfehlung an mich selbst zu betrachten, und sie kurz vor dem Auftritt tagesaktuell und mundgerecht umzuformen. Das hat zumeist gut funktioniert. Disziplin erforderten hingegen die gelegentlichen Doppel-Conferencen. Wenn sich zunehmende Verzweiflung auf dem Gesicht meines Gegenübers abzeichnete, wusste ich, dass es höchste Zeit war, meinen Ausritt wieder in Richtung des vereinbarten Stichworts zurückzulenken. (Einfacher wurde es, als ich einmal einen damals sehr bekannten österreichischen Politiker parodierte, der auch im Original dazu neigte, Journalisten gnadenlos über den Haufen zu reden.)

Auf die verschollenen Kabarett-Texte wurde ich in den vergangenen Jahren besonders oft angesprochen – und, voila!, da sind sie, zumindest eine Auswahl davon. Ich habe sie noch einmal vorsichtig aktualisiert, was etwa zur Folge hat, dass dem Schnäppchen-Jäger jetzt nicht nur der Jagdtrieb im Nacken sitzt, sondern auch die Angst vor dem Lockdown-bedingten Wirtschaftskollaps. Von derlei Sorgen war natürlich Mitte der 2010er-Jahre noch keine Rede, denn niemand von uns konnte damals ahnen, dass nur wenige Jahre später eine weltweite Pandemie die Club-Szene und generell die Kulturbranche und das öffentliche Leben für gut zwei Jahre außer Gefecht setzen würde.

„Wahrheiten und anderer Nonsens" ist Geschichte. Ein Radio-Mitschnitt vom Januar 2012 allerdings blieb in den Tiefen des „Cultural Broadcasting Archive" erhalten. Wer also Lust hat, kann unter dem Link https://de.cba.media/76022 die betreffende Ausgabe der Reihe „Intimzone" des Wiener Senders „Radio Orange" nachhören. Damals hatte soeben das Mayakalender-Weltuntergangsjahr begonnen, und unter diesem Motto durfte ich (spätabends und live) fröhlich apokalyptisch im Studio vor mich hin schwadronieren. Dass die Welt dann doch nicht unterging, ist weder meine Schuld, noch die der Maya. Aber so ist das Leben. Über die alte Prophezeiung ist die Zeit genauso hinweggegangen wie über „Wahrheiten und anderer Nonsens".

In die Vergangenheit, genauer in die Mitte der Neunzigerjahre, führt mich auch der Blick auf den dritten Abschnitt des vorliegenden Bandes. Denn damals begann ich (inspiriert durch ein buntes 70er-Jahre-Poster und den Genuss der Romane von Tad Williams und Ursula K. Le Guin), mit großer Begeisterung Fantasy-Texte zu schreiben. Die später daraus hervorgegangenen Romane „Die unsichtbare Insel" und „Die geträumte Stunde", angesiedelt in der Welt Elrin, sind heute längst vergriffen. Doch in Kurzgeschichten lebten Elrin und seine Figuren weiter. „Südwärts" etwa nimmt direkten Bezug auf Ereignisse aus dem ersten Roman. „Kind der Sonne" wiederum spielt Jahrzehnte später und war eigentlich der Nucleus eines nie fertiggestellten dritten Romans. Nach und nach wurden die Kurzgeschichten verstreut veröffentlicht. Im Jahr 2023 erschienen sie dann komplett überarbeitet und Handlungs-chronologisch geordnet in der Literaturpodium-Anthologie „Auf Irrfahrt in der Westsee". Diese Fassung und Reihung wurde für den vorliegenden Band übernommen. Eigens für das damalige Buch geschrieben wurden „In die Westsee" und „Hinab", in denen ich eine neue Technik anwendete: Die alten und die neuen Geschichten wurden quasi verschränkt, indem ich den alten Meister Falke selbst aus seiner Jugend erzählen ließ, als er noch Ewill hieß, und noch nicht der große Mann war, der er zum Zeitpunkt der Erzählung schon nicht mehr war. Für Ewill hatte sich damit der Kreis geschlossen, wie auch für mich selbst, und ich beschloss, der Fantasy

Lebewohl zu sagen. Ich spürte Tendenzen, mich zu wiederholen, und das wollte ich weder den LeserInnen noch mir selbst antun.

Von all meinen Texten die verschlungensten Wege haben wahrscheinlich die Gedichte hinter sich, die den vierten und letzten Teil des vorliegenden Bandes ausmachen. Die kleine Form kommt mir entgegen, denn mit ihr kann ich Themen aufgreifen, ohne gleich einen ganzen Roman daraus drechseln zu müssen. Meist sind die ersten handschriftlichen Entwürfe ohnehin deutlich länger als das fertige Ergebnis, das dann wirklich nur noch das Essentielle enthält. Alles Übrige findet zwischen den Zeilen statt (Hemingways Eisberg goes Lyrik sozusagen). Die Geschichte der jeweiligen Entstehung und der verschiedenen Veröffentlichungen würde Sie und mich gleichermaßen langweilen, also erspare ich uns die Details. Das älteste der Gedichte ist jedenfalls „frieden" aus dem Jahr 1995, und es erschreckt mich ziemlich, dass es heute ungleich aktueller ist als damals. Vor dreißig Jahren konnte man sich angesichts der Aufbruchsstimmung in Europa mit einem solchen Gedicht noch den Vorwurf des Pessimismus einhandeln (was auch geschah), heute ist man damit voll im Mainstream angekommen.

Jüngeren Datums, nämlich von 2019, ist „Buch und Regentropfen". Zugrunde liegt hier die Erkenntnis, dass die Bücher mancher Autoren ganze Bibliotheken ersetzen können (lesen Sie Borges, Proust, Calvino, Ransmayr!).

Die „Nebelpfade", die mich zum Titel des vorliegenden Bandes inspirierten, entstanden übrigens an demselben nebligen Novemberabend im Jahr 2020 wie der „Hypochonder", und die beiden Gedichte bilden gemeinsam ein unauflösliches Paradoxon: Wie schön war doch der Nebel, der mir diese hartnäckige Erkältung bescherte!

Obwohl manche meiner Gedichte schon eine erkleckliche Zahl an Jahren auf dem Buckel haben, ist mir der Gedanke, eine Auswahl davon zu einem sinnhaft geordneten Zyklus zusammenzufassen, erst vor kurzer Zeit gekommen. Erstmals umgesetzt wurde das im Frühjahr 2025 in der Literaturpodium-Anthologie „Der Mai recycelt Hoffnung". Diesem Konzept folgt auch die im vorliegenden Band abgedruckte Fassung des „Lyrischen Zyklus".

Da sich Lyrik bekanntlich besonders gut zum Vortrag eignet, mache ich von dieser Möglichkeit hin und wieder bei Performance-Abenden und Kaffeehaus-Lesungen Gebrauch. Wer Lust hat, kann sich einige Videomitschnitte davon auf meinem Youtube-Kanal zu Gemüte führen.

Stichwort Internet: Wer jetzt noch Fragen hat, findet die Antworten vielleicht auf meiner Homepage https://nikolausluttenfeldner.jimdofree.com

Neben allerlei Infos und Leseproben gibt es dort auch ein Kontaktformular, über das man mir gerne Gedanken, Kritik und meinetwegen auch Lob zukommen lassen kann.

Und Lob, verbunden mit innigem Dank, gebührt zu guter Letzt euch, liebe Leserinnen und Leser, für Treue und Zuspruch, für Anregungen und mentale Unterstützung! Mein besonderer Dank gilt dabei meinen TestleserInnen und all jenen, die mich in den vergangenen Jahren ermuntert, um nicht zu sagen ermahnt haben, mich endlich in Bewegung zu setzen, um eine Auswahl meiner Texte der letzten Jahrzehnte in einem eigenen Band (wieder) verfügbar zu machen. Offenkundig hat es gewirkt, und es war eine durchaus spannende Erfahrung, meinen – frei nach Musil – Nachlass zu Lebzeiten zusammenzustellen.

So möchte ich euch zum Schluss zurufen: Mögen wir alle nicht aufhören, auf Nebelpfaden zu wandeln und uns überraschen zu lassen, was wir dort im Verborgenen finden! Ich selbst werde es jedenfalls so halten, und manche von euch bestimmt unterwegs treffen!

Alles Gute!
Euer Nikolaus Luttenfeldner

Inhalt

Teil 4: Lyrischer Zyklus (Gedichte)

Nikolaus Luttenfeldner

Nikolaus Luttenfeldner, geboren 1976 in Wien, studierte Geschichte und Kunstgeschichte. Er veröffentlichte bislang Kurzgeschichten, Lyrik und Essays in Zeitschriften und Anthologien sowie die Fantasy-Romane „Die unsichtbare Insel" und „Die geträumte Stunde". Mit seinem Kabarett-Programm „Wahrheiten und anderer Nonsens" trat er einige Jahre lang in Clubs und auf Kleinkunstbühnen auf. Neben dem Schreiben widmet er sich der Fotografie. Er lebt in Wien.

Besuchen Sie den Autor auf nikolausluttenfeldner.jimdofree.com

Die Ostroute

Erzählungen

Andreas Erdmann, Marko.Ferst, Monika Jarju u.v.a.

256 Seiten, Edition Zeitspung, 2019

Der Band beginnt und endet mit einer Erzählung über Wölfe. In der einen werden sie gnadenlos verfolgt, in der anderen sorgt ein Rudel weißer Tundrawölfe für arktische Jagdszenen. Andernorts kommt eine Ostroute ins Spiel. Wir erfahren mehr über das Schicksal eines jungen Rauschgiftkuriers im Iran, wie über seinen Lebensweg der Stoff der Stoffe richtet. Ein Ostseesturm sorgt für eine risikoreiche Segeltour. Von allerlei sonderbaren Abwegen weiß die Erzählung „Genervtes Anstehen für Liebe" aus Bulgarien zu berichten. Zur Sprache kommen die Erfahrungen von Heimkindern in der frühen Bundesrepublik. Grenzübertritte zwischen Ost und West und deren Folgen sind im Blick zweier anderer Beiträge. Wie man ganz legal schwarzfährt, erläutert Johannes Bettisch. Was passiert, wenn man ganz unerwartet von seinem chinesischen Firmenpartner zum Tanz aufgefordert wird?

Der Band enthält Erzählungen von Ali Amini, Johannes Bettisch, Andreas Erdmann, Marko.Ferst, Elisabeth Hackel, Karin Heinrich, Monika Jarju, Tengis Khachapuridse, Norbert Klatt, Christine Koch, Carmen Mayer, Heide Rabe, Hans Sonntag, Dimil Stoilov, Lore Tomalla, Günter Wirtz, Gisela Witte und Angelika Zöllner.

Auf Irrfahrt in der Westsee

Märchen, Spuk- und Fantasiegeschichten

Anja Apostel, Vanessa Boecking, Nikolaus Luttenfeldner

420 Seiten, Dorante Edition, 2023

Mit welchem Geschick und Tricks man eine Hexenprüfung bestehen kann, ist in diesem Märchenband zu erfahren. Wird es der jungen Hexe gelingen die gestellten Aufgaben zu lösen? Wie sieht es aus mit den Geistern auf dem Dachboden? So einige Abenteuer kommen auf die Bewohnerin des Hauses zu. Vom Trank des Todes und den Sorgen des Adlerklans wird man hören. Kommt die Wahrheit ans Licht? Dämonen schleichen durch den Nebel des Waldes, werden sie die Reisenden aufspüren? Aura gerät in die Welt Andromedas, als Drachenreiterin erlangt sie bald große magische Fertigkeiten. Erst Stück für Stück erfährt sie mehr über ihr wahres Schicksal, ihre Herkunft. Warum schneit es nicht mehr? Ist Frau Holle womöglich etwas zugestoßen? Weite Irrfahrten und Abenteuer auf den Meeren sind zu bestehen. Wird es eine Rückkehr in die Heimat geben? Der Band enthält auch einige Fantasiegedichte und solche für Kinder.